제 3 작품집

외밀

김뉘연   제3작품집

제3의 부류†(Tertium Quid‡)에 게

† 차학경(1951–1982), 『딕테』, 김경년 옮김, 토마토, 1997년, 39면(차학경, 『딕테』, 김경년 옮김, 어문각, 2004년, 30면).

‡ 테레사 학경 차(Theresa Hak Kyung Cha), 『딕테(DICTEE)』[태넘 출판사(Tanam Press), 1982년], 캘리포니아 대학교 출판부(University of California Press), 2001년 [2022년 복원판(Restored Edition)], 20면.

나는 그가 말을 하는 것이 좋았다. 그는 말을 하기를 원했고 그는 말을 할 줄 알았다. 그가 가장 잘하는 일 혹은 그가 유일하게 할 줄 아는 일이 말하는 것이었을 수 있다. 그는 계속 말했고 나는 계속 들었다. 나는 그의 말을 듣기 원했고 나는 그의 말을 듣는 것이 좋았다. 그러니 그의 마지막 문장을 혹은 그의 마지막 단어를 떠올리는 것은 불가능한 일이었다.

내가 계속 들었기 때문이다.

김뉘연,『말하는 사람』, 안그라픽스, 2015년, 3-4면.

일러두기

· 이 책은《타이포잔치 2023》(예술 감독: 박연주, 큐레이터: 신해옥·여혜진·전유니)
  출품작으로, 차학경의 『딕테』에 관한 작품을 제안받아 기획되었다.
· 이 책에는 면수(面數)가 없고 시와 산문 등이 혼재하는데, 저자가 시로 분류한 글은 차례에서
  밑줄로 구분했고 제목이 없는 글은 괄호 안에 첫 문장을 옮겨 두었다.
· 한 편의 시가 다음 면으로 이어질 때 연이 나뉘면 다섯 번째 행에서, 연이 나뉘지 않으면
  첫 번째 행에서 시작한다.

차 례

(한 장의 사진이 필요하다.)

1막

필요

자장

(자장자장)

(자장자장)

자궁 없음

자궁 없음

자궁 없음

(재난을 겪은 후에는 마음과 몸의 변화나 고통이 생길 수 있습니다.)

(우리는 화가 나거나 놀란 상태에서 가슴을 움직이며 빠르게 숨을 몰아쉽니다.)

(긴장된 상태에서는 자신도 모르는 사이에 몸에 힘이 들어가게 되고, 그로 인해
      어깨 결림이나 근육통 등을 느낄 수 있습니다.)

아기 코끼리와 레몬과 실파리와

失語

(마침표 하나.)

(나는 고해성사를 만들고 있다.)

([직빠꾸리])

2막

송수신
29년 후

3막

한두 사람
點眼
(눈은 눈물을 필요로 한다.)
(눈물길이 막힌 경우란?)
(눈앞에서 작은 물체가 떠다니는 현상을 비문증상이라고 하며 일명 날파리증이라고도
  부릅니다.)
(이명은 밖에서 들리는 소리가 아닌 귀 안에서)
("지금 무슨 소리가 들립니까?")
보석을 훔쳤어
귀
눈
(텬쥬여 쥬의셔 나의게 이 병을 허락ᄒ신 그 뜻을 내가 밧겟ᄂ이다)
[[(그 여자는 입을 벌리더니, 무언가를 꺼내려는 듯 손을 집어넣는다.)]]

4막

몸꿈봄꿈몸
2023년 7월 1일
소리쟁이는
둘들

5막

말 없음
지시
문 있음
빈

6막

머리글자
8월 14일
수요일
동반자
반반

7막

본 것 보인 것
용어

8막

봉투
9월 19일

9막

그림글자
들림
다시

(한 장의 사진.)

한 장의 사진이 필요하다.

벽에 쓰인 글자.

순환하는 단어.

덩어리로 던져진 말들.
덩어리로 던져진 말들.
덩어리로 던져진 말들.

        덩어리로 던져진 말들.
        덩어리로 던져진 말들.
        덩어리로 던져진 말들.
        덩어리로 던져진 말들.
        덩어리로 던져진 말들.
        덩어리로 던져진 말들.

                덩어리로 던져진 말들.
                덩어리로 던져진 말들.
                덩어리로 던져진 말들.
                덩어리로 던져진 말들.
                덩어리로 던져진 말들.
                덩어리로 던져진 말들.
                덩어리로 던져진 말들.
                덩어리로 던져진 말들.
                덩어리로 던져진 말들.

어머니
보고싶어

배가고파요

가고싶다
고향에

고향에
가고싶다

배가고파요

보고싶어
어머니†

† 차학경,『딕테』, 김경년 옮김, 토마토, 1997년, 1면.

셋
넷

다섯

넷
셋

셋
넷

다섯

넷
셋

무명의 낙서가 돌림노래로 불린다.

무명은 복수다.

　　　　　　부 유 하 는 부 류†

부 류 하 는 부 유

　부 유 하 는 부 류

　　　　　부 류 하 는 부 유

　　부 유 하 는 부 류

　　　　　부 류 하 는 부 유

　　　　　　부 유 하 는 부 류

　　　　　　　　　　부 류 하 는 부 유

　　　　　부 유 하 는 부 류

　　부 류 하 는 부 유

　　　　　　　　부 유 하 는 부 류

　　　　부 류 하 는 부 유

　　　　　부 유 하 는 부 류

　　　부 류 하 는 부 유

　　　　　부 유 하 는 부 류

　　　부 류 하 는 부 유

　부 유 하 는 부 류

　　　　　　　　부 류 하 는 부 유

† 김뉘연, 「괄호」, 『모눈 지우개』, 외밀, 2020년, 17면.

어머니에의 기억이 기억이라는 어머니를 불러낸다.

"기억은 픽션이야. 그러니까 픽션으로 태어난다는 말이지."

하나 이상의 이름들을 하나씩 받아 적는다.

받아쓰인 기억이 다시 쓰여 간다.

　　　　다시 쓰인 기억이 덩어리로 드러난다.

.

덩어리는 쪼개어진다.

흩어진 기억.

어머니의 쌀알이 흩어진다.
필연적인 비명.

아이고,†

† 김뉘연,『부분』, 외밀, 2021년, 80면.

두 번째 어머니의 두 번째 이름.†

첫 번째 어머니의 몇 번째 이름.‡

† 오지연.

‡ 김영숙.

소리 없음을 그린군 사람[†]

† 김뉘연, 「반수면」, 『모눈 지우개』, 외밀, 2020년, 23면.

너는 세 번째 어머니들을 찾아 나선다.

1막

필요

몸의 망점들.
구멍으로 움직이는.

몸은 구멍을 필요로 한다.

모음의 망점들.
구멍으로 움직이는.

모음은 구멍을 필요로 한다.

음의 망점들.
구멍으로 움직이는.

음은 구멍을 필요로 한다.†

† 테레사 학경 차, 〈입에서 입으로(Mouth to Mouth)〉(1975년) 참고.

자장

자장
자장

아가
자장

자자
아가

마마
엄마

엄마
마망

아빠

빠빠

파파

아파

아가

자자

자장

아가

자장

자장

자장자장	자장개야	우리아기	잠잘잔다
앞집개도	짖지말고	뒷집개도	짖지마라
우리아기	잘도잔다	자장자장	자장개야
멍멍개도	짖지말고	꼬꼬닭도	울지마라
우리아기	잠잘잔다	자장자장	자장자장†

† 임달련(여성, 76세), 「아기 어루기요」(부산시 금정구 선동, 1993년 7월 19일 채록),
김승찬·박경수·황경숙 엮음, 『부산민요집성』, 세종출판사, 2002년, 305면.

자장자장　　　우리애기　　　잘도잔다

울애기는　　　꽃방석에　　　꽃베개에

오골도골　　　구부리고

너애기는　　　개똥밭에　　　쇠똥밭에

오골도골　　　구부린다

둥구마친　　　꽃뱀인가

하구여문　　　알뺌인가

얼움굼게　　　수달핀가

문디산에　　　꽃봉진가

장독간에　　　다네긴가

담부락굼게　　디에긴가

옷고름에　　　연길손가

쳉이겉은기　　바래긴가

둥게둥게　　　어허둥둥

앞을봐도　　　내사랑아

뒤를봐도　　　내사랑아

둥둥둥둥　　　울애기는　　　잘도잔다†

† 최순점(여성, 84세), 「아기재우는소리」(부산시 부산진구 초읍동, 1999년 10월 23일 채록),
　류종목, 『현장에서 조사한 구비전승 민요: 부산편』, 민속원, 2010년, 330면.

자궁 없음

최종 진단
한국표준질병 분류번호 C54.1

진단 연월일
○○○○년 ○월 ○○일

치료 내용
상기 환자 상기 진단하 본원 산부인과 ○○○○년 ○월 ○○일 입원하여
수술 전 검사 시행 동 연월 ○○일 로봇 복강경하 전자궁절제술 및
양측난소난관절제술, 양측골반림프절절제술, 대동맥주위림프절절제술
시행 후 동년 ○월 ○일 퇴원함.

「의료법」 제17조 및 같은 법 시행규칙 제9조 제1항에 따라 위와 같이
진단합니다.

자궁 없음

현재 트랜스젠더의 성별변경을 위한 법률은 없습니다. 그러나 2006년 대법원에서 성별변경을 허가하는 판례(대법원 2006. 6. 22. 자 2004스42, 전원합의체 결정)가 나온 이후로 개별 법원의 판단에 따라 성별변경이 이루어지고 있습니다. 또한 성별변경 절차에 대해서는 대법원 내부의 가이드라인인 「성전환자의 성별정정허가신청사건 등 사무처리지침」에 따라서 가족관계등록부상 성별정정이 이루어지고 있습니다.

현재 대법원 판례는 원칙적으로 성별변경을 위해 성전환 수술을 요구하고 있습니다. 다만 일부 법원의 경우 생식능력 제거 수술(자궁 난소, 고환 적출 수술)만을 받고 외부 성기 수술(음낭, 음경 형성 수술)을 받지 않아도 성별변경을 허가해 주는 사례들이 있습니다.†

---

† 트랜스로드맵, 「성별변경 정보」, 『트랜스로드맵』(웹사이트, http://transroadmap.net).

법원이 트랜스젠더 성별정정을 허가하면서 성전환 수술을 필수 요소가 아니라고 판단했다.

서울서부지방법원 제2-3민사부(재판장 우인성)는 2월 15일 트랜스젠더 여성 A씨에 대한 성별정정을 허가하면서, 당사자의 의사에 반하는 성전환 수술 강제가 개인의 존엄을 침해하므로 수술이 아닌 다른 요건에 의하여 그 사람의 성정체성 판단이 가능하다면 그에 의하여 성정체성을 판단하면 된다고 하면서, 정신적 요소가 정체성 판단의 근본적 기준이며, 생물학적, 사회적 요소보다 우위에 두어 판단해야 한다고 했다.

A씨는 태어날 때 '남성'으로 출생신고가 됐지만, 어렸을 때부터 여성으로서의 성정체성이 확고해, 만 17세인 2015년부터 꾸준히 호르몬요법을 이어 왔으며, 가족은 물론 학교와 직장에서 여성으로 일상생활을 해 왔다. 하지만 1심 재판부는 A씨가 성전환 수술을 하지 않아 "사회적 혼란과 혐오감 불편감 당혹감 등을 초래할 우려"가

있다는 이유로 성별정정 허가 신청을 기각했다. 이에 항고심인 서울서부지방법원 제2-3민사부는 1심 결정을 취소하고, "외부 성기가 어떠한가는 성정체성 판단을 위한 평가의 필수 불가결한 요소는 아니라고 보아야 한다"고 판단하며 신청인의 성별을 "남에서 여로 정정할 것을 허가"하는 결정을 했다.

재판부는 어느 정도의 신체 외관의 변화가 있어야 성별 불쾌감이 해소되는지는 트랜스젠더 개개인에 따라 다르다는 사실을 짚으며, "성전환자에 대한 신체 외관의 변화는 당사자의 성별 불쾌감을 해소하는 정도에서 이루어져야 한다"고 확인하고 당사자의 의사에 반하는 성전환 수술 강제가 개인의 존엄을 침해한다고 보았다.

이번 결정에서는 "당사자의 의사에 반하여 생식능력 박탈 및 외부 성기의 변형을 강제한다면, 인간의 존재 이유이자 가장 기본적 욕구인 재생산을 불가능하게 함으로써 [...] 가족을 구성할 권리를 박탈하게 된다"고 지적하기도 하여, 법적 성별정정 심사에서 생식능력 상실을 요구하는 것이 재생산권을 침해하는 것임을 지적하기도 했다.

재판부는 1심이 기각 결정 사유로 사회적 혼란, 혐오감, 불편감, 당혹감 등을 초래할 위험이 있어 불허 결정한 것에 대해 "성전환자의 외부 성기가 제3자에게 노출되는 경우는 극히 이례적"이라고 지적하고, "극히 이례적인 경우를 전제하여 혼란, 혐오감, 불편감, 당혹감 등이 사회에 초래된다고 일반화할 수 없다"라고 보았다. 또 "우리가 경험하지 못한 사실에 대한 편견 혹은 잘 알지 못하는 존재에 대한 막연한 두려움에서 비롯된 것일 수 있다"고 언급했다.✝

✝ 김민주, 「법원, 트랜스젠더 성별정정 허가… "성전환수술 필수요소 아냐"」, 『여성신문』(웹사이트, https://www.womennews.co.kr), 2023년 3월 14일.

자궁 없음

제1조. 목적
이 규정은 「동물보호법」에서 규정하고 있는 고양이 중성화 사업 등에 관하여 필요한 사항을 정함을 목적으로 한다.

제2조. 적용 대상
이 규정은 「동물보호법 시행규칙」(이하 "규칙"이라 한다) 제13조 제1항에서 정한 고양이에 대해 특별시장·광역시장·도지사 및 특별자치도지사·특별자치시장(이하 "시·도지사"라 한다) 또는 시장·군수·구청장(자치구의 구청장을 말한다. 이하 같다)이 시행하거나 위탁한 중성화 사업을 대상으로 한다.

제3조. 중성화(中性化)
도심지나 주택가에서 자연적으로 번식하여 스스로 살아가는 고양이(이하 "길고양이"라 한다) 개체 수 조절을 위해 거세·불임 등을 통해 생식능력을 제거하는 조치를 말한다.

제4조. 사업의 시행

1) 시·도지사와 시장·군수·구청장은 길고양이의 개체 수 조절을 위해
   동물병원 등을 지정하여 길고양이 중성화 사업을 하게 할 수 있다.

2) 포획·방사 사업은 동물보호단체, 민간사업자 등에게 대행하게 할 수
   있으며 대행 기관 선정 기준은 지방 계약법 등 관련 규정을 따른다.

제5조. 사업 시행자의 지정 기준

수술 시행 동물병원 지정 기준은 지자체의 실정에 맞게 시·도지사와
시장·군수·구청장이 정한다.

제6조. 포획 및 관리

1) 제2조에 따른 개체를 포획할 때에는 발판식 통 덫 등 길고양이와
   사람에게 안전한 포획 틀을 사용하여야 한다.

2) 포획 틀에는 용도, 담당자, 연락처 등을 기재한 안내판을 설치하여야
   한다.

3) 포획 후에는 차광 천, 비닐 등으로 포획 틀을 완전히 덮어 대상
   길고양이를 보호하여야 한다.
4) 포획에 사용된 포획 틀은 반드시 세척·소독하여야 한다.
5) 다음 각 호에 해당하는 개체가 포획된 경우 즉시 방사하여야 한다.
   (1) 몸무게 2kg 미만이거나 수태(受胎) 혹은 포유(哺乳)가 확인된 개체
   (2) 기존에 중성화하여 방사한 개체
   (3) 지자체장이 정하는 월령 미만 개체
6) 장마철·혹서기·혹한기 등의 외부 환경요인으로 중성화 수술 후
   회복이 어려울 것으로 판단되는 경우 중성화 사업을 일시적으로
   중단할 수 있다.
7) 사업 시행 지정 기관은 포획한 개체에 대하여 규칙 별지 제7호
   서식의 보호동물 개체관리카드 및 규칙 별지 제8호 서식의 보호동물
   관리대장을 작성·관리하여야 한다.

제7조. 중성화 수술
1) 중성화 수술은 수의사가 하여야 한다.
2) 중성화 수술은 포획을 기준으로 만 48시간 이내에 중성화 수술을
   실시한다.

3) 중성화 수술에 사용하는 봉합사(縫合絲)는 자연적으로 녹는
재질이어야 하며, 봉합사 대신 생체 접착제를 사용할 수 있다.
4) 수술 시 기생충 구충과 광견병 예방접종 등 간단한 처치를 실시할 수
있다.
5) 수술 후 마취가 깨는 것을 확인할 수 있도록 안전한 장소에서
보호하여야 하며, 출혈·식욕 결핍 등 이상 징후가 있는지 확인하여야
한다.

제8조. 방사

1) 중성화 수술 후 이상 징후가 없다면 수술한 때로부터 수컷은 24시간
이후, 암컷은 72시간 이후에 포획한 장소에 방사하여야 한다. 다만,
수의사가 수술한 길고양이의 상태, 기후 여건 등을 판단하여 기간을
증감할 수 있으며 이 경우에는 규칙 별지 제7호 서식의 보호동물
개체관리카드에 사유를 기록하여야 한다.
2) 방사를 할 때는 포획한 장소에 방사하여야 한다. 다만 포획한 장소에
방사한 후 학대가 재발하거나 생존에 지장이 있는 변화가 발생한
경우 포획한 장소 이외의 장소에 방사할 수 있다. 이 경우에는 규칙
별지 제7호 서식의 보호동물 개체관리카드에 사유를 기록해야 한다.

3) 중성화 수술을 한 개체임을 알 수 있도록 하기 위하여 좌측 귀 끝부분의 약 1센티미터를 제거하는 방법을 사용하여야 한다. 이 경우 지혈 여부를 확인하여 필요한 조치를 취하여야 한다.†

† 농림축산검역본부, 「길고양이 중성화 사업」, 『국가동물보호정보시스템』(웹사이트, https://www.animal.go.kr).

재난을겪은후에는마음과몸의변화나고통이생길수있습니다.이런스트레스반응은누구나겪을수있는정상적인반응입니다.증상이심할때는전문가의도움을받을수있습니다.재난을겪은후에스스로해볼수있는마음을안정시키는방법을알려드리겠습니다.여러분이긴장하게되면자신도모르게'후―'하고한숨을내쉬게되지요.그것이바로심호흡이에요.심호흡은숨을코로들이마시고,입으로'후―'하고소리를내면서풍선을불듯이천천히끝까지내쉬는거예요.가슴에서숨이빠져나가는느낌에집중하면서천천히내쉬세요.복식호흡은숨을들이쉬면서아랫배가풍선처럼부풀어오르게하고,숨을내쉴때꺼지게하는거예요.이때는코로만숨을쉬세요.천천히깊게,숨을아랫배까지내려보낸다고상상해보세요.천천히일정하게숨을들이쉬고내쉬면서아랫배가묵직해지는느낌에집중하세요.착지법은땅에발을딛고있는것을느끼면서'지금여기'로돌아오는거예요.발바닥을바닥에붙이고,발이땅에닿아있는느낌에집중하세요.발뒤꿈치를들었다가'쿵'내려놓으세요.그리고발뒤꿈치에지긋이힘을주면서단단한바닥을느껴보세요.나비포옹법은갑자기긴장되어가슴이두근대거나,괴로운장면이떠오를때,그것이빨리지나가게끔자신의몸을좌우로두드려주고'셀프토닥토닥'하면서스스로안심시켜주는방법이에요.두팔을가슴위에서교차시킨상태에서양측팔뚝에양손을두고나비가날갯짓하듯이좌우를번갈아살짝살짝두드리면돼요.✝

✝ 국립정신건강센터, 「안정화 기법」, 『국가트라우마센터』(웹사이트, https://nct.go.kr).

우리는 화가 나거나 놀란 상태에서 가슴을 움직이며 빠르게 숨을 몰아쉽니다.

이러한 얕고 짧은 호흡은 마음을 더욱 불안하게 합니다.

숨이 배에 도달하도록 부드럽고 길게 쉰다면, 긴장이 완화되고 편안한 상태를 유지할 수 있습니다.

자, 이제 마음을 진정시키는 복식호흡 훈련을 해 보겠습니다.

편안한 자세로 앉습니다.

한 손은 배 위에 다른 손은 가슴에 얹어 봅니다.

복식호흡을 할 때는 가슴에 얹은 손은 움직이지 않고, 배 위의 손만 위아래로 움직입니다.

코로 숨을 들이쉴 때는 배가 나오고 입으로 숨을 내쉴 때는 배가 들어갑니다.

내쉬는 호흡을 들이쉬는 호흡보다 길게, 충분히 내쉽니다.

호흡은 숨을 비우고 들이마시는 것으로 시작하는 것이 좋습니다.

이제 시작하겠습니다.

넷을 셀 때까지 천천히 숨을 들이마시며 배가 부풀어 오르는 것을 느낍니다.

하나, 둘, 셋, 넷

셋을 셀 동안 호흡을 잠시 멈춥니다.

하나, 둘, 셋

다섯을 셀 동안 천천히 숨을 내쉽니다.

하나, 둘, 셋, 넷, 다섯

다시 셋을 셀 동안 호흡을 멈춥니다.

하나, 둘, 셋

숨을 내쉴 때 내 몸이 편안하고 따뜻해짐을 느껴 봅니다.

다시 한번 해 보겠습니다.

손을 가슴과 배에 올린 상태로 천천히 숨을 들이마십니다.

셋을 셀 동안 호흡을 멈춥니다.

하나, 둘, 셋

다섯을 셀 동안

천천히 숨을 내쉽니다.

하나, 둘, 셋, 넷, 다섯

다시 호흡을 멈춥니다.

하나, 둘, 셋

서른

번을 호흡하는 것이 한 세트입니다. 복식호흡 훈련 때마다 기본으로 한 세트를 진행합니다.

반복적인 연습을 통해 일상에서 충분히 활용하도록 합니다.†

---

† 국립정신건강센터,「안정화 기법」,『국가트라우마센터』.

긴장된 상태에서는 자신도 모르는 사이에 몸에 힘이 들어가게 되고,
그로 인해 어깨 결림이나 근육통 등을 느낄 수 있습니다.
이러한 근육의 감각은 다시 심리적 긴장이 심화되는 데
영향을 미칩니다.   마찬가지로, 마음이 안정된 상태에서는
근육이 이완되고 편안한 감각을 느낍니다.
편안한 신체감각을 느끼는 것 또한 심리적 안정으로 이어집니다.
이번에는 신체 각 부위로부터 편안함을 느끼며
불편감을 낮추어 보는 근육 이완 훈련을 시작해 보겠습니다.

먼저 편안한 자세로 앉습니다.   배 속 깊이 숨을 들이마시고
천천히 내뱉습니다.   다시 들이마시고 천천히 내뱉습니다.
이 호흡을 몇 번 더 반복합니다.

넓은 진흙탕을 맨발로 딛고 있다고 상상해 봅니다.   진흙 안으로
발을 밀어 넣듯이 종아리부터 발뒤꿈치, 발바닥에 힘을 주어
아래로 밀어 봅니다.   발가락을 펴서 발가락 사이로
진흙이 올라오는 기분을 느껴 봅니다.   이제 천천히
숨을 내쉬면서 진흙탕에서 나와 발을 편하게 합니다.

다리의 힘을 풀고, 긴장이 풀리는 기분이 얼마나 좋은지
느껴 봅니다. 다시 진흙탕을 딛겠습니다. 발바닥으로 진흙을
힘껏 누릅니다. 종아리와 발바닥, 발가락에 전해지는
긴장된 감각을 느껴 봅니다. 이제 천천히 숨을 내쉬면서
진흙탕에서 나옵니다. 다리의 긴장을 풀고
발가락도 편안하게 둡니다. 긴장이 풀린 나른하고 저릿한 상태를
느껴 봅니다.

풀밭에 누워 귀여운 아기 코끼리를 보고 있다고 상상해 봅니다.
아기 코끼리가 주위를 살피지 않고 걸어오다가 당신의 배를 밟고
지나가려고 합니다. 달아날 시간이 없어서 아기 코끼리가
그냥 배를 밟고 가도록 둡니다. 배에 힘을 줘서 매우 단단하게
만들어 봅니다. 배근육을 단단하게 만들어 유지합니다.
아기 코끼리가 다른 쪽으로 갑니다. 이제 천천히 숨을 내쉬면서
배에 힘을 풉니다. 근육 속의 긴장감이 모두 빠져나올 때까지
천천히 호흡합니다. 이완된 상태의 편안한 감각을 느껴 봅니다.
다시 아기 코끼리가 오고 있습니다. 배근육을 단단하게 만들어
유지한 채로 배에서 느껴지는 긴장감에 집중합니다. 천천히

숨을 내쉬면서   배의 힘을 풀고,   배가   단단할 때와   편안할 때의
차이를   느껴 봅니다.

당신의 왼손에   레몬 하나를   쥐고 있다고   상상해 봅니다.
손목을   몸 쪽으로 당기면서   주먹을 쥐고   레몬을   꽉   짜 봅니다.
레몬을 짜낼 때   손과 팔이   꽉   조여지는 것을   느껴봅니다.   깊이
심호흡을 하고   천천히   숨을 내쉬면서   서서히   왼손의 힘을 풀고,
쥐고 있던 레몬을   내려놓습니다.   자,   다시 한번   왼손으로
또 다른 레몬을 들고   짜 보겠습니다.   더 세게,   과즙이
한 방울도 남지 않도록   아주 세게   짜 봅니다.
왼손과 팔에 느껴지는   긴장감에   집중합니다.   천천히
숨을 내쉬면서   서서히   왼손에 힘을 풀고   쥐고 있던 레몬을
내려놓습니다.   힘을 뺐을 때   손과 팔이   얼마나 편해졌는지
느껴 봅니다.   이 과정을   오른손으로   반복해 봅니다.
당신의 오른손에   레몬 하나를   쥐고 있다고   상상해 봅니다.
손목을   몸 쪽으로 당기면서   주먹을 쥐고   레몬을   꽉   짜 봅니다.
레몬을 짜낼 때   손과 팔이   꽉   조여지는 것을   느껴 봅니다.   깊이
심호흡을 하고   천천히   숨을 내쉬면서   서서히   오른손의 힘을 풀고,

쥐고 있던 레몬을 내려놓습니다. 자, 다시 한번 오른손으로
또 다른 레몬을 들고 짜 보겠습니다. 더 세게, 과즙이
한 방울도 남지 않도록 아주 세게 짜 봅니다.
오른손과 팔에 느껴지는 긴장감에 집중합니다. 천천히
숨을 내쉬면서 서서히 오른손의 힘을 풀고, 쥐고 있던 레몬을
내려놓습니다. 힘을 뺐을 때 손과 팔이 얼마나 편해졌는지
느껴 봅니다.

양어깨를 귀 가까이로 최대한 들어 올립니다. 그리고
팔뚝을 몸통에 꼭 붙인 채로 힘을 주면서 자세를 유지합니다.
지금의 긴장된 감각에 집중합니다. 이제 깊이 숨을 내쉬면서
서서히 힘을 풀어 봅니다. 어깨와 팔뚝의 편안함을 느껴봅니다.
자, 다시 한번 반복해 보겠습니다. 양어깨를 귀 가까이로
최대한 올립니다. 그리고 팔뚝을 몸통에 꼭 붙인 채로
힘을 주면서 자세를 유지합니다. 지금의 긴장된 감각에
집중합니다. 숨을 내쉬면서 천천히 힘을 풉니다. 그리고
어깨와 팔뚝이 얼마나 편안해졌는지 느껴 봅니다.

고개를 좌우로 천천히 부드럽게 움직입니다.   쉽고 편한 만큼만
천천히 부드럽게 움직입니다.   고개를 움직이면서   어느 쪽이
좀 더 부드럽게 돌아가는지   양쪽의 움직임에   어떤 차이가 있는지
느껴 봅니다.   이번에는 정수리에   실이 달려 있다고
상상해 봅니다.   누군가 그 실을   위로 당긴다고   생각합니다.
이때 턱은   아래로 당겨지고   머리의 뒷부분만   위로 들리게 됩니다.
이런 모습을 떠올리며   턱에 부드럽게 힘을 주어   아래로 당기고
목의 뒷부분을   늘려 봅니다.   뒷덜미가   팽팽히   긴장되는 느낌에
집중합니다.   이때 어깨는   함께 올라가지 않게 합니다.
이제 천천히   숨을 내쉬면서   힘을 풉니다.   힘을 푼 상태에서의
편안함을   느껴 봅니다.   다시 한번 누군가
실을 당긴다고 생각하고   턱을 아래로 당기고   목의 뒷부분을
늘려 봅니다.   뒷덜미가   팽팽히   신상뇌는 감각을   느껴 봅니다.
이제 숨을   천천히 내쉬면서   힘을 풉니다.   힘을 푼 상태에서의
편안함을   느껴 봅니다.

아주 귀찮은 파리가 왔다고   상상해 봅니다.   파리가
오른쪽 입꼬리에   앉았습니다.   입꼬리를 최대한 오른쪽으로

올려 봅니다.   입꼬리를 올리면서   볼과 턱 부분의   긴장감을
느껴 봅니다.   이제   숨을   천천히 내쉬면서   입꼬리의 힘을
풉니다.   그리고   볼과 턱의   편안함을   느껴 봅니다.   이번에는
파리가   왼쪽 입꼬리에   앉았습니다.   입꼬리를   최대한 왼쪽으로
올려 봅니다.   입꼬리를 올리면서   볼과 턱 부분의   긴장감을
느껴 봅니다.   이제   숨을   천천히 내쉬면서   입꼬리의 힘을
풉니다.   그리고   볼과 턱의   편안함을   느껴 봅니다.   이번에는
파리가   이마에   앉았습니다.   이마에   가능한 한   많은 주름을
만들어 봅니다.   주름 사이로   파리를 가둘 만큼   가능한 한   이마를
단단하게 유지합니다.   이제   숨을 내쉬면서   이마를
편안하게 합니다.   편안해진   이마의 감각을   느껴 봅니다.

반복적인 연습을 통해   일상에서   충분히   활용하도록 합니다.†

---

† 국립정신건강센터,「안정화 기법」,『국가트라우마센터』.

아기 코끼리와 레몬과 실파리와

갓 태어난 아기 코끼리의 추정 몸무게는 80kg 이상이라고 알려져 있다.

레몬!✝

타래
퉁구리
꾸리
토리
올
님
테
가락
오리
바람

✝ 김뉘연,「접경」,『모눈 지우개』, 외밀, 2020년, 56면.

누에나방의 애벌레는 13개의 마디로 이루어졌으며 몸에 검은 무늬가 있다. 알에서 나올 때에는 검은 털이 있다가 뒤에 털을 벗고 잿빛이 된다. 네 번 잠잘 때마다 꺼풀을 벗고 25여 일 동안 8cm 정도 자란 다음 실을 토하여 고치를 짓는다. 고치 안에서 번데기가 되었다가 다시 나방이 되어 나온다.†

상처나 쨴 부위를 꿰매는 데 쓰는 실은 양, 돼지, 말 따위 짐승의 창자나 힘줄, 말총, 금속, 견사, 나일론 따위의 합성 물질로 만든다.‡

† 국립국어원, 「누에」, 『표준국어대사전』(웹사이트, https://stdict.korean.go.kr).
‡ 국립국어원, 「봉합사(縫合絲)」, 『표준국어대사전』.

남십자자리와 카멜레온자리 사이에 있는 작은 별자리는 5월 하순에
자오선을 통과하며 한국에서는 보이지 않는다.†

† 국립국어원, 「파리자리」, 『표준국어대사전』.

失語

"여기에 어떻게 왔나요?"

"입을 벌려 보세요."

"입을 다물어 보세요."

"눈을 감아 보세요."

"눈을 떠 보세요."

"눈을 깜박여 보세요."

"고개를 숙여 보세요."

"고개를 들어 보세요."

"고개를 돌려 보세요."

"귀를 기울여 보세요."

"들리는 문장을 따라 말해 보세요. '문단 열고 그날은 첫날이었다 마침표
그녀는 먼 곳으로부터 왔다 마침표 오늘 밤 저녁 식사 때 쉼표 가족들은
물을 것이다 쉼표 따옴표 열고 첫날을 잘 보냈지 물음표 따옴표 닫고
적어도 쉼표 가능한 한 최소의 말을 하기 위해 쉼표 대답은 이럴 것이다
쉼표 따옴표 열고 단 한 가지 일밖에 없어요 마침표 따옴표 닫고 따옴표
열고 어떤 여자가 있어요 마침표 먼 곳에서 온 마침표 따옴표 닫고'†"

"다음 글을 읽어 보세요. '문단 열고   그날은 첫날이었다   마침표
그녀는 먼 곳으로부터 왔다   마침표   오늘 저녁 식사 때   쉼표
가족들은 물을 것이다   쉼표   따옴표 열고   첫날이 어땠지   물음표
따옴표 닫을 것   적어도 가능한 한 최소의 말을 하기 위해   쉼표
대답은 이럴 것이다   따옴표 열고   한 가지밖에 없어요   마침표
어떤 사람이 있어요   마침표   멀리서   온   마침표   따옴표 닫고'‡"

† 차학경, 『딕테』, 김경년 옮김, 토마토, 1997년, 21면.
‡ 같은 곳.

"다음 문장을 써 보세요. '나는 당신이 말하기를 원한다. 나는 그가 말하기를 원한다. 나는 당신이 말하기를 원하게 될 것이다. 그분이 말을 할까 두려워요? 그들이 말을 할까 두려웠어요? 그분이 우리에게 말하는 것이 낫겠다. 당신은 쓰셔야 했습니까? 내가 쓸 때까지 기다리시오. 내가 당신에게 쓰도록 왜 기다리지 않았어요?'†"

† 같은 책, 28면.

"다음 문장을 다시 써 보세요. '그녀는 전화하다 그녀는 믿다 그녀는
누구에게 전화하다 대답이 없으니까 계속 전화하다 그녀는 믿다
그녀는 전화하고 상대편은 반드시 들어야 한다. 상대편은 반대쪽이
느끼는 것을 꼭 알아야 한다 그녀는 종잇장들을 받다 모모 씨 방(房)
앞으로 보내진 절대로 보여서는 안 될 읽혀서도 안 될 알려져도
안 될 만약 이름이 이름이 알려지면 만약 이름만이라도 보여지고
들려지고 언급되고 읽혀지면 안 되지 절대로 그녀는 감추다
필수적인 말들을 주어와 동사를 연결 짓는 말들 그녀는 감추어 적는다
꼭 필요한 말들은 위장되어야 한다 발명되어야 한다 그녀는 다른
영상들을 시험해 보다 필수적이고 보이지 않는'†"

† 같은 책, 34-35면.

"이것의 이름이 무엇인가요?"

"이름이 무엇인가요?"

"이름이?"

마침표 하나.

나는 고해성사를 만들고 있다. 말을 만들기 위해서. 그런 외국 언어들로
이야기를 하기 위해서.†

† 차학경, 『딕테』, 김경년 옮김, 토마토, 1997년, 36면.

[직빡꾸리]

찍박구리, 훌우룩 빗죽새.

참새목 직박구리과의 텃새. 우리나라의 전역에서 관찰되는 흔한
텃새이다. 한국, 일본, 타이완 및 필리핀 등에서 번식한다.
2000년대 이후에 개체 수가 많이 증가하였으며 산림에서 가장 시끄러운
새 중의 하나이다. 심지어 도시에서도 흔하게 번식한다. 학명은
'Microscelis amaurotis'이다.

날개 길이는 117.5-136.5mm ▮▮▮▮▮▮ 부척(跗蹠, 새의
다리에서 정강이뼈와 발가락 ▮▮▮▮▮▮ 이다. 번식기를
제외하고는 대부분 무리로 생 ▮▮▮▮▮▮ 체 이상이 함께
무리를 이루기도 한다.
　　잡목림과 교목림에 둥지를 틀며 작은 나뭇가지, 나무껍질, 식물
줄기, 나무뿌리를 이용하여 밥그릇 모양으로 둥지를 만든다. 번식
시기는 4-6월이며 한배 산란 수는 4-5개이다. 겨울에는 식물성 열매를
주로 먹지만 번식하는 여름에는 주로 동물성 곤충을 먹는다.

영역권을 다투거나 동료를 부를 때의 소리는 매우 시끄러운 반면, 암수가 사랑할 때의 소리는 매우 예쁘다. 비행 시에도 잘 울며 한 마리가 울기 시작하면 다른 개체도 울면서 모여든다. 예로부터 이러한 울음소리를 바탕으로 '훌우룩 빗죽새'라고도 불렀다.

직박구리의 학명은 '높이 난다'라는 뜻이며 실제로 다른 참새목 조류에 비해 높은 곳에서 비행한다. 동박새와 마찬가지로 동백꽃이 피는 봄에는 직박구리가 부리에 노란 꽃가루를 묻히고 나뭇가지 사이를 왔다 갔다 하는 ███████████████ 곤충을 쫓아가서 잡아먹기도 한다███████████████인공 먹이대에 다양한 먹이를 제공하면███████████████조류이다.†

직박구리는 음악███████████████다.

† 한국학중앙연구원, 「직박구리」, 『한국민족문화대백과사전』(웹사이트, https://encykorea .aks.ac.kr).

2막

송수신

「글자편지」†

---

† 테레사 학경 차, 〈관객 먼 친척(Audience Distant Relative)〉(1978년) 참고.

이케다 아사코(池多亜沙子), 〈서로(互)〉(2020년).

29년 후

첫 번째 아버지가 두 번째 어머니에게

우리 아이의 의식에 참석하지 못해 미안합니다.

우리 아이는 크게 웃습니다.

우리 아이는 잘 걷습니다.

우리 아이는 눈이 좋지 않습니다.

우리 아이는 눈썹이 진합니다.

우리 아이는 반쯤 곱슬입니다.

우리 아이는 조금 편식합니다.

우리 아이는 언어에 익숙합니다.

우리 아이는 수에 약합니다.

우리 아이는 절대음감을 가지고 있습니다.

우리 아이는 운동을 즐기지 않습니다.

우리 아이는 건강한 편이었습니다.

우리 아이의 머리카락을 다듬어 주신 것을 알고 있습니다.

우리 아이에게 갖은 반찬을 만들어 주신 것을 알고 있습니다.

우리 아이가 드린 용돈을 모아 돌려주신 것을 알고 있습니다.

우리 아이의 글을 읽어 주신 것을 ███ 니다.

우리 아이를 위해 매일 새벽 기도해 주신 것을 알고 있습니다.

3막

한두 사람

한 사람인 두 사람과
두 사람인 한 사람과

한 사람인 두 사람인 한 사람과
두 사람인 한 사람인 두 사람과

한 사람인 두 사람인 한 사람인 두 사람과
두 사람인 한 사람인 두 사람인 한 사람과

한 사람인 두 사람인 한 사람인 두 사람인 한 사람과
두 사람인 한 사람인 두 사람인 한 사람인 두 사람과

한 사람인 두 사람인 한 사람인 두 사람인 한 사람인 두 사람과
두 사람인 한 사람인 두 사람인 한 사람인 두 사람인 한 사람과

한 사람인 두 사람인 한 사람인 두 사람인 한 사람인 두 사람인
　　한 사람과
두 사람인 한 사람인 두 사람인 한 사람인 두 사람인 한 사람인
　　두 사람과

한 사람인 두 사람인 한 사람인 두 사람인 한 사람인 두 사람인
　　한 사람인 두 사람과
두 사람인 한 사람인 두 사람인 한 사람인 두 사람인 한 사람인
　　두 사람인 한 사람과

한 사람인 두 사람인 한 사람인 두 사람인 한 사람인 두 사람인
　　한 사람인 두 사람인 한 사람과
두 사람인 한 사람인 두 사람인 한 사람인 두 사람인 한 사람인
　　두 사람인 한 사람인 두 사람과

한 사람인 두 사람인 한 사람인 두 사람인 한 사람인 두 사람인
　　　한 사람인 두 사람인 한 사람인 두 사람과
두 사람인 한 사람인 두 사람인 한 사람인 두 사람인 한 사람인
　　　두 사람인 한 사람인 두 사람인 한 사람과†

† 테레사 학경 차, 〈치환(Permutations)〉(1976년) 참고.

點眼

이 약 1mL은 카르복시메틸셀룰로오스나트륨을 5mg 함유한다.
락트산나트륨액, 수산화나트륨, 염산, 염화나트륨, 염화마그네슘수화물,
염화칼륨, 염화칼슘수화물, 정제수. 일회용 투명한 용기에 든 무색
내지 미황색의 맑은 점안액. 안구건조(눈마름)증이나 바람·태양에
노출되어 생기는 화끈거리는 증상, 자극감, 불쾌감을 일시적으로
완화시키며, 안구 자극감을 예방하기 위하여 사용할 수 있음. 필요 시
증상이 있는 눈에 1–2방울을 점안하고(넣고) 점안(눈에 넣은) 후
남은 액과 용기는 버린다. 다른 점안제와 동시에 사용할 경우, 희석
효과를 피하기 위해 적어도 15분의 간격을 두고 점안한다. 통증,
시야 변화, 지속적인 충혈이나 자극감을 경험하거나, 증상이 악화되거나
72시간 이상 지속되면 투여를 중단하고 의사와 상의한다. 실수로
이 약을 먹었을 경우, 즉시 전문가의 도움을 받는다. 점안 시 일시적인
시야 혼탁이 생길 수 있으므로 시야가 선명해질 때까지 운전이나
위험한 기계 조작을 하지 않도록 주의한다. 외용으로만 사용한다. 일회

사용 후 재사용하지 말며 남은 액과 용기는 반드시 버리도록 한다. 이 약의 오염과 눈의 손상을 피하기 위하여 용기의 팁이 눈이나 외부에 닿지 않도록 한다. 용기가 손상이 없는 경우에만 사용한다. 액의 색이 변했거나 혼탁된 것은 사용하지 않는다. 사용 기한이 지난 제품은 사용하지 않는다. 소아의 손이 닿지 않는 곳에 보관한다. 사용하지 않은 일회용 용기는 원래의 제품 상자에 보관한다. 0.4mL × 30 / 박스. 기밀용기, 상온(15-25°C) 보관. 제조일로부터 24개월. 마개를 비틀어 돌린 후 당겨서 제거하여 사용합니다. 다른 사람들과 함께 사용하지 마십시오. 점안 시 용기의 끝이 눈에 닿지 않도록 최소 5mm 이상 떨어진 위치에서 점적하시기 바랍니다.✝

✝ 한국엘러간,「리프레쉬플러스 점안액 0.5%」(리플릿).

눈은 눈물을 필요로 한다.

눈은 눈물을 수시로 필요로 한다.

눈물은 눈물길을 필요로 한다.

눈물길이 막힌 경우란?

눈물은 눈알을 적신 후 눈물길을 통해서 콧속으로 빠져나가게 되어
있습니다. 빠져나가야 할 눈물길이 막히게 되면 눈물이 뺨으로 흐르게
되어 자꾸 손으로 닦아야 하기 때문에 몹시 불편합니다. 눈물만
아니라 눈곱이나 고름이 나오는 경우에는 간혹 염증이 확산되어 주위
조직 특히 눈알에 심각한 위험을 줄 수도 있기 때문에 방치하지
않도록 하셔야 합니다.

눈물길이 막히는 원인으로는 선천성, 노화 변화, 눈과 눈물길의 염증,
코의 염증, 눈 주변과 코의 외상이나 수술, 항암제 및 방사선 치료의
부작용 등이 있습니다.

신생아의 5% 이상에서 눈물길 막힘 증상이 있지만 6개월에서 1년 정도 지나면 약 90% 저절로 뚫리게 됩니다. 그렇지 않은 경우 가느다란 탐침으로 막힌 부분을 뚫어 주거나 눈물길에 실리콘 관을 삽입하게 됩니다. 성인은 약간 좁아진 경우 실리콘 관을 삽입하지만, 심하게 좁거나 완전히 막힌 경우 수술로 새 눈물길을 만들어 주거나 유리나 플라스틱 인공 눈물관을 삽입하게 됩니다.†

† 공안과,「눈물 이야기」(리플릿).

눈앞에서 작은 물체가 떠다니는 현상을 비문증상이라고 하며 일명 날파리증이라고도 부릅니다. 눈 속 유리체라는 부위에 부유 물질이 생기는 것으로 숫자도 여러 개일 수 있으며 갖가지 형태로도 나타납니다. 날파리나 하루살이 모기 같은 곤충 모양, 점 모양, 동그란 반지 모양, 아지랑이 모양, 실오라기 같은 줄 모양 등 다양한 형태로 보이며 수시로 여러 형태로 변할 수도 있습니다. 때로는 눈을 감아도 보일 수 있으며 보고자 하는 방향을 따라다니면서 보이는데, 맑은 하늘이나 하얀 벽, 하얀 종이를 배경으로 보았을 때는 더욱 뚜렷하게 보입니다. 시선의 중심에 있는 경우도 있고 조금 옆에 위치할 수도 있습니다.

비문증의 대부분은 특별한 원인 없이 자연적으로 발생하며 나이가 많아지면서 더욱 잘 생깁니다. 특히 근시가 있는 사람, 백내장 수술 후, 눈 속에 출혈이나 염증을 앓은 경우에는 대부분 비문증상이 있습니다. 나이가 많아짐에 따라 눈 속의 유리체의 부피가 줄어들면서 발생하는 경우도 흔한 원인 중의 하나입니다.

비문증상 즉 눈앞에 떠다니는 물체를 인위적으로 제거하기에는 너무나 위험하며, 좋은 점보다는 좋지 않은 점이 더 많습니다. 눈앞에서 어른거려 불편을 느낄 때는 잠시 위를 쳐다봤다가 다시 주시하면 일시적으로 시선에서 없어질 수도 있습니다.

비문증상이 있는 사람은 그 물체에 대해 자꾸 신경을 집중시키는 습관이 생기는데, 신경을 집중시키고 걱정을 하면 할수록 아무런 도움이 안 될 뿐 아니라, 시간적으로나 정신적으로도 손해일 뿐입니다. 가장 좋은 해결 방법은 그 물체를 무시하고 잊어버리는 것입니다.

떠다니는 물체가 숫자나 크기에 있어서 여러 달 동안 변화가 없다면 별로 문제가 없지만, 숫자가 갑자기 셀 수 없을 정도로 많아진다든지, 크기가 커진다면 심각한 질환의 초기 증상일 수 있으므로 즉시 안과 의사의 진찰을 받아야 합니다. 심각한 경우는 망막이 박리되는 질환으로서 떠다니는 물체의 숫자가 많아짐과 동시에 눈 속에서 번갯불처럼 번쩍이는 현상을 느끼게 됩니다. 더 진행이 되면 개기일식 때처럼 시야의 한 부분이 가려져서 잘 보이지 않게 되며, 이러한 경우에는 응급수술이 필요합니다.

눈 속에서 번갯불이 번쩍이는 증상은 편두통이 있는 경우에도 나타나며 나이가 많아지면서 자연히 발생할 수 있는 것으로서 이 증상만 갖고서는 걱정할 필요가 없습니다. 번갯불 증상과 동시에 반드시 눈앞에 떠다니는 물체가 많아질 때 또는 눈앞에 무엇이 가리는 것 같은 증상이 느껴질 때 주의하여야 합니다. 눈앞에 떠다니는 물체와 번쩍이는 증상이 있더라도 여러 달 동안 큰 변화만 없다면 별 문제는 없습니다. 다만, 이 증상이 일정 기간 동안에 더욱 심해진다면 즉시 안과 의사의 진찰을 받아야 합니다.

비문증상이 최근에 발생하였거나 최근에 더 심해진 경우에는 가능한 한 눈에 충격이 갈 수 있는 상황을 피하셔야만 합니다. 눈을 비비는 행위나, 달리기, 자전거 타기, 뜀뛰기, 줄넘기, 에어로빅, 테니스, 배드민턴, 철봉 매달리기, 등산, 무거운 물건 들어 올리기 등은 병세를 악화시킬 수도 있습니다. 일정한 기간 동안 비문증상이 변하지 않고 계속해서 고정 상태가 유지된다면, 안과 의사가 확인한 후 운동을 다시 시작하실 수 있습니다.†

† 공안과, 「날파리증(비문증)」(리플릿).

이명은 밖에서 들리는 소리가 아닌 귀 안에서

또는 머릿속에서 나는 것 같은 소리를 느끼는 것으로

벌레 우는 소리, 바람 소리, 기계 소리, 휘파람 소리, 맥박 소리 등

여러 가지의 소리로

다른 높이를 가진 음들이 섞여서 들리는 경우도

전체 인구의 17% 정도가 이명증으로 불편함을 겪고 있으며

이 중 5% 정도는 병원을 찾을 정도로

심한 이명증을 호소한다고

1% 정도는 이명증이 너무 심해서

정상적인 생활을 할 수 없을 정도라고

내이, 청신경, 뇌 등의 소리를 감지하는

신경 경로와 이와 연결된 신경계통에

여러 가지 원인에 의한

비정상적인 과민성이 생기는 현상

소음에 의한 내이 손상은 가장 흔한 원인 중의 하나로

음악가, 항공기 조종사처럼 직업과 관련되어

지속적으로 내이 손상을 입는 경우와

큰 음악 소리 등에 우발적으로 노출되는 경우

교통사고나 머리 외상 후에도 내이에 외상을 입어

이명을 일으키는 경우도

아스피린, 스트렙토마이신, 네오마이신, 카나마이신,

이뇨제인 푸로세마이드 등의 약제도 이명을 잘 일으킨다고

신경의 노화에 의해 나타나는

노인성 난청 메니에르병에서는

발작적인 심한 어지러움, 청력 감퇴 등이 이명과 함께 청신경에 생긴 종양이 이명을 일으킬 수도

외이도 내의 과도한 귀지, 귀 또는 부비동의 감염, 턱관절의 교합 장애, 심혈관계 질환,

이경화증, 갑상선 기능 저하증 등이 원인이 될 수 있으며

중이 내의 이소골에 부착된 작은 근육에 경련이 있을 때, 또는 이관에 연결된 근육에 경련이 있을 때

이명이 들릴 수

중이 내에는 두 개의 근육이

때때로 특별한 원인이 없이

규칙적으로 움직이기도

　　　　　　　　　　'딱딱' 하는, 반복되는 소리가

이관에 부착된 근육에 경련이 생겨 들리는 이명은

　　　　　　　　　흔치 않지만 역시 귀에서 규칙적인 이명을

귀에서 맥박이 뛰는 소리나

　　　　　　　　'쉭쉭' 하는, 피가 혈관을 지나가는 소리를 듣는 경우도

열이 심하거나, 중이 내에 염증이 있을 때,

　　　　　　　　　　　또는 아주 심한 운동을 한 후에

때로는 이 혈관성 이명을

　　　　　　　　　　　다른 사람도 들을 수 있는

나이가 들면서 혈관 벽이 두꺼워진 경우, 혈관이 꼬인 경우,

　　　　　　　　　　또는 혈관 벽에 혹이 자란 경우

귀지나 이물, 또는 염증으로 외이도가 막혔을 때

　　　　　　　　　　청력이 약간 떨어지거나

고막에서 압박감을

　　　　　　　　　　맥박 뛰는 듯한 이명을

알레르기, 염증, 외상,

　　　　　　　또는 이소골의 움직임을 둔하게 하는

원인이 무엇이든 내이 림프액의 압력을 변화시키는

　　　　　　　　　　염증, 알레르기가 원인이 될 수 있으며,
혈류 장애로 내이 림프액과 점막에 변화가 생겼을 때도

　　　　　　　　　알레르기, 전신 질환, 갑자기 큰 소음에 노출되었을 때,
어떤 약물, 또는 혈류 공급이 잘 안 될 때

　　　　　　　　　　뼈로 이루어진 작은 관을 지나는 청신경에,
관의 내부에서나 외부에서 어떤 압박이 가해지면

　　　　　　　　　신경이 붓게 되고, 제한된 공간 내에 위치한 신경은
더 이상 팽창할 수 없기에 이명이

　　　　　　　　　소리 전달 경로 어느 곳에서든지
작은 혈관이 터지거나 경련이 있게 되면

　　　　　　　　　　　혈액순환 장애가
이때 이명이 갑자기 생기며,

　　　　　　　　　붓기나 압박 또는 혈액순환 장애는
뇌로 도달하는 청신경에 기능 저하를 유발하는데,

　　　　　　　　　주로 한쪽 귀에 국한하여 증상이 나타나며
이처럼 분명한 신체적 이상에 의한 질환이며

　　　　　　　　　결코 환상적인 것이 아닙니다.†

† 대한이비인후과학회,「이명」,『대한이비인후과학회』(웹사이트, https://www.korl.or.kr).

"지금 무슨 소리가 들립니까?"

"지금 무슨 소리가 들리지 않습니까?"

보석을 훔쳤어

보석을 훔쳤어. 보디슈트를 입었거든. 얼굴을 가렸지. 몸이 가려졌지.
선을 그리면서 이동해야 해. 움직임이 되어야 해. 정수리에 달린 실이
움직인다. 손목에 매인 실이 잡아당겨진다. 누가 무릎을 끌어당긴다.
움직이는 대로 움직인다. 움직여지는 대로 움직인다. 움직임으로
움직인다. 바닥이 되고. 계단이 되고. 벽이 되고. 천장이 되고. 모든
소리를 들을 수 있어야 해. 없는 소리를 들을 수 있어야 해. 다른 사람이
듣는 소리도 다른 사람이 듣는 목소리도. 다른 사람이 듣지 못하는
소리도 다른 사람이 듣지 못하는 목소리도. 너는 검정이다. 나는
검정입니다. 너는 하양이다. 나는 하양입니다. 너는 발끝으로 걷는다.
나는 발끝으로 걷습니다. 너는 사실이다. 나는 사실입니다. 쉿. 선이
흐트러졌잖아. 여자가 지적한다. 여자가 지시한다. 여자가 간섭한다.
여자가 통과한다. 너는 통과된다. 나는 보석을 훔칩니다. 나는 보석을
바칩니다. 아! 나는 엎드립니다. 엎드린 자여 고개를 들라. 엎드린 자여
일어나라. 엎드린 자여 나를 따르라. 내가 너를 인도하리라. 나는

인도된다. 얼굴 없는 자가 보석을 훔칠 것입니다. 얼굴 없는 보석은 빛날 것입니다. 빛으로 너를 드러낼 것입니다. 그림자가 나타난다. 그림자가 움직인다. 그림자가 간다. 그림자를 따라간다. 그림자가 된다. 너는 검정이다. 너는 하양이다. 너는 천장이다. 너는 벽이다. 너는 계단이다. 너는 바닥이다. 너는 발끝이다. 너는 사실이다.

귀

그의 소리를 듣는다. 그가 내는 그의 소리를 듣는다. 그가 만들어 내는
그의 소리를 듣는다. 그가 그의 몸으로 만들어 내는 그의 소리를 듣는다.
그가 그에게 주어진 그의 몸으로 만들어 내는 그의 소리를 듣는다.
그가 그의 시간에 그에게 주어진 그의 몸으로 만들어 내는 그의 소리를
듣는다. 그가 그에게 허락된 그의 시간에 그에게 주어진 그의 몸으로
만들어 내는 그의 소리를 듣는다. 그리운 그가 그에게 허락된 그의
시간에 그에게 주어진 그의 몸으로 만들어 내는 그의 소리를 듣는다.
나에게 그리운 시간을 허락한 그가 그에게 허락된 그의 시간에
그에게 주어진 그의 몸으로 만들어 내는 그의 소리를 듣는다. 나에게
그리운 시간을 허락한 나의 그가 그에게 허락된 그의 시간에 그에게
주어진 그의 몸으로 만들어 내는 그의 소리를 듣는다. 나는 나에게
그리운 시간을 허락한 나의 그가 그에게 허락된 그의 시간에 그에게
주어진 그의 몸으로 만들어 내는 그의 소리를 듣는다. 나는 나에게
그리운 시간을 허락한 나의 그가 그에게 허락된 그의 시간에 그에게

주어진 그의 몸으로 만들어 내는 그의 소리를 나의 몸으로 듣는다. 나는
나에게 그리운 시간을 허락한 나의 그가 그에게 허락된 그의 시간에
그에게 주어진 그의 몸으로 만들어 내는 그의 소리를 나의 시간에 나의
몸으로 듣는다. 나는 나에게 그리운 시간을 허락한 나의 그가 그에게
허락된 그의 시간에 그에게 주어진 그의 몸으로 만들어 내는 그의
소리를 그와 나의 시간에 나의 몸으로 듣는다. 나는 나에게 그리운
시간을 허락한 나의 그가 그에게 허락된 그의 시간에 그에게 주어진
그의 몸으로 만들어 내는 그의 소리를 그와 나의 시간에 그와 나의
몸으로 듣는다. 나는 나에게 그리운 시간을 허락한 나의 그가 그에게
허락된 그의 시간에 그에게 주어진 그의 몸으로 만들어 내는 그의
소리를 그와 나의 그리운 시간에 그와 나의 몸으로 듣는다. 그와 나는
그와 나에게 그리운 시간을 허락한 그와 나의 나와 그가 나와 그에게
허락된 나와 그의 시간에 나와 그에게 주어진 나와 그의 몸으로 만들어
내는 나와 그의 소리를 그와 나의 그리운 시간에 그와 나의 몸으로
듣는다. 나의 그와 그의 나는 그와 나에게 그리운 시간을 허락한 그와
나의 나와 그가 나와 그에게 허락된 나와 그의 시간에 나와 그에게
주어진 나와 그의 몸으로 만들어 내는 나와 그의 소리를 그와 나의
그리운 시간에 그와 나의 몸으로 듣는다. 나의 그와 그의 나는 나의 그와

그의 나에게 그리운 시간을 허락한 그와 나의 나와 그가 나와 그에게
허락된 나와 그의 시간에 나와 그에게 주어진 나와 그의 몸으로 만들어
내는 나와 그의 소리를 그와 나의 그리운 시간에 그와 나의 몸으로
듣는다. 나의 그와 그의 나는 나의 그와 그의 나에게 그리운 시간을
허락한 그와 나의 나와 그가 그의 나와 나의 그에게 허락된 그의 나와
나의 그의 시간에 그의 나와 나의 그에게 주어진 그의 나와 나의 그의
몸으로 만들어 내는 그의 나와 나의 그의 소리를 나의 그와 그의 나의
그리운 시간에 나의 그와 그의 나의 몸으로 듣는다.

눈

나는 그를 보고 그의 눈을 보고 그의 얼굴을 보고 그의 머리를 보고 그의
목을 보고 그의 어깨를 보고 그의 가슴을 보고 그의 허리를 보고 그의
배를 보고 그의 허벅지를 보고 그의 무릎을 보고 그의 종아리를 보고
그의 발등을 보고 그의 발가락을 보고 그의 발바닥을 보고 그의 단단해
보이는 발뒤꿈치를 어루만져 본다. 나는 그를 보고 그의 눈을 보고 그의
얼굴을 보고 그의 머리를 보고 그의 목을 보고 그의 어깨를 보고 그의
가슴을 보고 그의 허리를 보고 그의 배를 보고 그의 허벅지를 보고 그의
무릎을 보고 그의 종아리를 보고 그의 발등을 보고 그의 발가락을 보고
그의 발바닥을 보고 그의 발뒤꿈치를 만져 본다. 나는 그를 보고 그의
눈을 보고 그의 얼굴을 보고 그의 머리를 보고 그의 목을 보고 그의
어깨를 보고 그의 가슴을 보고 그의 허리를 보고 그의 배를 보고 그의
허벅지를 보고 그의 무릎을 보고 그의 종아리를 보고 그의 발등을 보고
그의 발가락을 보고 그의 발바닥을 보고 그의 발뒤꿈치를 본다. 나는
그를 보고 그의 눈을 보고 그의 얼굴을 보고 그의 머리를 보고 그의 목을

보고 그의 어깨를 보고 그의 가슴을 보고 그의 허리를 보고 그의 배를
보고 그의 허벅지를 보고 그의 무릎을 보고 그의 종아리를 보고 그의
발등을 보고 그의 발가락을 보고 그의 발바닥을 본다. 나는 그를 보고
그의 눈을 보고 그의 얼굴을 보고 그의 머리를 보고 그의 목을 보고 그의
어깨를 보고 그의 가슴을 보고 그의 허리를 보고 그의 배를 보고 그의
허벅지를 보고 그의 무릎을 보고 그의 종아리를 보고 그의 발등을 보고
그의 발가락을 본다. 나는 그를 보고 그의 눈을 보고 그의 얼굴을 보고
그의 머리를 보고 그의 목을 보고 그의 어깨를 보고 그의 가슴을 보고
그의 허리를 보고 그의 배를 보고 그의 허벅지를 보고 그의 무릎을 보고
그의 종아리를 보고 그의 발등을 본다. 나는 그를 보고 그의 눈을 보고
그의 얼굴을 보고 그의 머리를 보고 그의 목을 보고 그의 어깨를 보고
그의 가슴을 보고 그의 허리를 보고 그의 배를 보고 그의 허벅지를 보고
그의 무릎을 보고 그의 종아리를 본다. 나는 그를 보고 그의 눈을 보고
그의 얼굴을 보고 그의 머리를 보고 그의 목을 보고 그의 어깨를 보고
그의 가슴을 보고 그의 허리를 보고 그의 배를 보고 그의 허벅지를 보고
그의 무릎을 본다. 나는 그를 보고 그의 눈을 보고 그의 얼굴을 보고
그의 머리를 보고 그의 목을 보고 그의 어깨를 보고 그의 가슴을 보고
그의 허리를 보고 그의 배를 보고 그의 허벅지를 본다. 나는 그를 보고

그의 눈을 보고 그의 얼굴을 보고 그의 머리를 보고 그의 목을 보고 그의
어깨를 보고 그의 가슴을 보고 그의 허리를 보고 그의 배를 본다. 나는
그를 보고 그의 눈을 보고 그의 얼굴을 보고 그의 머리를 보고 그의 목을
보고 그의 어깨를 보고 그의 가슴을 보고 그의 허리를 본다. 나는 그를
보고 그의 눈을 보고 그의 얼굴을 보고 그의 머리를 보고 그의 목을 보고
그의 어깨를 보고 그의 가슴을 본다. 나는 그를 보고 그의 눈을 보고
그의 얼굴을 보고 그의 머리를 보고 그의 목을 보고 그의 어깨를 본다.
나는 그를 보고 그의 눈을 보고 그의 얼굴을 보고 그의 머리를 보고
그의 목을 본다. 나는 그를 보고 그의 눈을 보고 그의 얼굴을 보고 그의
머리를 본다. 나는 그를 보고 그의 눈을 보고 그의 얼굴을 본다. 나는
그를 보고 그의 눈을 본다. 나는 그를 본다. 그를.†

† 김뉘연, 「귀와 눈」(팸플릿), 최×강 프로젝트, 《2+》, 문화비축기지, 2019년.

텬쥬여쥬의셔나의게이병을허락ᄒ신그뜻을내가밧겟ᄂ이다✝

✝ 구세실(具世實), 「병중기도(病中祈禱)」, 『사도문(私禱文)』[성공회(聖公會), 1932년], 열화당, 2011년(열화당 한국근현대서적 복각총서), 128면.

(그 여자는 입을 벌리더니, 무언가를 꺼내려는 듯 손을 집어넣는다.)†

† "(Elle ouvre la bouche, y introduit la main comme pour en retirer quelque chose.)"
조르주 디디위베르만(Georges Didi-Huberman), 『히스테리의 발명: 샤르코와
살페트리에르의 사진 도상학(Invention de l'hystérie: Charcot et l'iconographie
photographique de la Salpêtrière)』, 마퀼라 출판사(Éditions Macula), 2014년, 115면.

4막

몸꿈봄꿈몸

몸

꿈

봄

몸
꿈
봄
꿈
몸

몸꿈봄

봄

꿈

몸

몸꿈봄꿈몸

몸

꿈

봄

봄꿈몸

몸

꿈

봄

꿈

몸

봄

꿈

몸†

† 테레사 학경 차, 〈창백한 울부짖음(A Ble Wail)〉(1975년) 참고.

2023년 7월 1일

낙성대 공원은 고려의 명장 인헌공 강감찬 장군(948-1031)을 기리기
위하여 만들어진 곳이다. 1973년 서울특별시에서 주변 지역을 정돈해
사당과 부속 건물을 신축하여, 공원 동쪽에 사당을 지어 안국사라
하여 장군의 영정을 모셨으며 정면에는 외삼문인 안국문과 내삼문을
세웠다. 문 안에는 낙성대 3층 석탑을 강감찬 장군 생가 터에서
옮겨 왔으며, 탑 맞은편에는 사적비를 세워 놓았다. 안국사는 고려시대
목조건축양식을 대표하는 영주 부석사 무량수전을 본따 세웠으며
팔각 청기와 지붕이 올려져 있어 웅장한 느낌을 준다.†

로 위에가 설명한 이날 연주의 규칙은 대략 다음과 같다. 공원 맞은편의
동산에 함께 오른다. 걸으며 식물을 발견한다. 각자 책에서 문장을
발췌해 적은 종이를 원하는 때에 건네고 싶은 이에게 건넨다. 동산의
중간에서 잠시 멈춰 들리는 소리를 듣고 그 소리를 따라 낸다.
적당한 때에 동산에서 내려온다.

† 관악구, 「문화/관광」, 『관악구청』(웹사이트, https://www.gwanak.go.kr).

동산의 초입에 다다랐다. 두 사람이 앞장섰고 두 사람이 뒤따랐다.
걷다가 식물을 발견했다. 종이가 수시로 오갔다. 동산의 중간에서
멈췄다. 로 위에 또는 류한길이 입 또는 손으로 소리를 냈다. 김뉘연
또는 전용완이 입 또는 손으로 소리를 냈다. 소리가 수시로 오갔다.
동산의 정상에 올랐다. 돌에 십자 모양이 새겨져 있었다.

"이 시설물은 세계측지계 도입에 따른 측량의 기준이 되는
지적삼각점으로 측지측량에도 공동 활용이 가능하도록
설치한 측량기준점이오니 훼손되지 않도록 보존 관리에 적극
협조하여 주시기 바랍니다. 2008. 11. 서울특별시장."

"이 기준점은 국가기본측량으로 결정된 좌표(위도, 경도, 표고)를
표시한 삼각점으로 지적측량, 공공측량 등의 기준을 제시하여 지각변동
모니터링 등 다양한 사용을 위한 기초 자료를 제공하고 내비게이션,
등산, 레저 활동과 현장에서의 내 위치 확인 등 국민 생활의 편익 증진을
위해 활용되도록 하고 있습니다.
    기준점 번호: 안양422 / 위도(N) 37도 28분 15.8초 / 경도(E) 126도
57분 11.9초 / 표고(H) 134.6m(미터)."

측지측량(測地測量)이란 한 나라의 기본 지형도의 기준점 좌표를
결정하는 측량이다. 삼각점(三角點)은 삼각측량을 할 때 측량 기준으로
정한 세 점, 또는 그 점의 위치가 표시된 네모난 돌을 가리킨다.
삼각측량은 삼각형의 한 변의 길이와 두 개의 끼인각을 알면 나머지
두 변의 길이를 알 수 있다는 원리를 이용하여 지형을 측량하는
방법으로, 정밀하게 길이를 잰 기선(基線)과 몇 개의 기준점을 설정하고
이어 여러 삼각형의 그물을 만든 후 삼각법에 의하여 계산한다.

소리쟁이는

마디풀목 마디풀과에 속하는 관속식물로 유럽 원산으로 우리나라
전역에 나며 북아프리카나 북아메리카나 아시아 등 전 세계에 귀화하여
분포하는 귀화식물이며 길가, 들, 습지, 황무지, 경작지 주변, 숲
가장자리의 빈터 등에서 자라는 여러해살이풀이고 뿌리는 굵고 곧추
뻗으며 줄기는 높이 60-120cm에 얕은 홈이 있고 잎은 긴 타원형으로
길이 15-25cm에 폭 2-6cm이며 끝은 뾰족하고 잎 가장자리는
물결 모양에 뿌리잎과 아래의 줄기잎은 긴 잎자루가 있으나 윗부분의
줄기잎은 비교적 잎의 크기가 작으며 잎자루도 짧고 꽃은 5-6월에
피는데 줄기 끝에 원추꽃차례에 달리고 꽃자루는 가늘고 길며
화피편은 녹색에 난형으로 길이 1.4-1.6mm에 폭 0.9mm에 수술은
6개이고 암술은 3개이고 열매는 수과로 7-8월에 익는데 세모진 난형에
윤기가 나고 마찬가지로 마디풀목 마디풀과의 여러해살이풀인
참소리쟁이에 비해 잎 가장자리에 주름이 많고 열매의 내화피편이
원형이고 톱니가 없으므로 구별되고 뿌리는 약용이며 어린잎은

식용으로 소루장이나 소루쟁이나 송구지라고도 불리고† 노래 부르는
일을 직업으로 하는 사람.‡

† 국립생물자원관, 「소리쟁이」, 『한반도의 생물다양성』(웹사이트, https://species.nibr.go.kr).
‡ 국립국어원, 「소리쟁이」, 『표준국어대사전』(웹사이트, https://stdict.korean.go.kr).

돌들

돌 셋.

돌 둘.   돌 둘.

돌 하나.   돌 하나.   돌 하나.

돌 여섯.

돌 다섯.　　　돌 다섯.

돌 넷.　　　돌 넷.　　　돌 넷.

돌 셋.　　　돌 셋.　　　돌 셋.

돌 둘.　　　돌 둘.　　　돌 둘.

돌 하나.　　　돌 하나.　　　돌 하나.

돌 일곱.

돌 여섯.

돌 다섯.

돌 넷.

돌 셋.

돌 둘.

돌 하나.

돌 여덟.

돌 일곱.

돌 여섯.

돌 다섯.

돌 넷.

돌 셋.

돌 둘.

돌 하나.

돌 아홉.

돌 여덟.

돌 일곱.

돌 여섯.

돌 다섯.

돌 넷.

돌 셋.

돌 둘.

돌 하나.

7월 1일.

숲에서 걸었다 보였고 발목들이 우리
따라가다 뒤를 발목들이 내가 나의 손목을
잡고 나는 내게 손목을 잡히고 발목들의
뒤를 발목들의 옆을 숲에서 오가다 발목들이
우리는 우리가 본 것을 발목이라고 여겼다
우리가 잡은 잡힌 것을 손목이라고 여겼듯이
숲에서 가만히 있지 않았다 발목들이 우리가
본 손목들이 우리가 잡은 우리가 잡힌 그것들
걸어다녔다 그것들의 뒤를 따라가다 우리는
발목이든 손목이든 ██든 뒤따라 옴은
걸음으로 단어들을 끼고 다니다 단어들을
나눠 주지 어쩌다 너를 만나면 그러다 그를
만나면 내 연구미에서 하나, 둘,
단어를 너는 그른 단어를 받아 들고 하나, 둘,
나는 다시 걸음 간다 연구미에 단어들을 하나, 둘
흘리지 않도록 주의를 기울이며 기울어진
단어들을 주스르니 단어들을 연구미에 내
연구미에도 너의 그의 연구미에도, 연구
미는 뭐 연구미에 연구미를 끼고 하나,
어쩌다 너를 그러다 그를

앞면: 로 위에, 〈부분: 7월 1일.〉(2023년).
[김뉘연, 「7월 1일.」, 『부분』, 외밀, 2021년, 86–89면을 오롤로가 제지(製紙)하고 로 위에가
타자(打字)한 악보.]

5막

말 없음

Sans Commentaire

어떻게 말할까

어떻게 말하지 않을까

말할까

말하지 않을까

말할

말하지 않을

할

하지 않을

볼

보지 않을

엿볼

엿보지 않을

엿들을

엿듣지 않을

어떻게 엿들을까

어떻게 엿듣지 않을까†

† 테레사 학경 차, 「주석(Commentaire)」, 테레사 학경 차 엮음, 『장치: 영화적 장치,
선집(Apparatus: Cinematographic Apparatus, Selected Writings)』, 태넘 출판사, 1981년,
261–326면 참고.

지시

첫 문장은 하나의 글자이자 단어로 시작한다.

문장이 이어질 수 있는 상황을 만든다.

쓰고 있는 과정을 드러낸다.

말을 던진다.

말을 듣는다.

말을 받아쓰기한다.

받아쓰기를 받아쓴다.

적힌 글을 본다.

본 글을 읽는다.

읽은 글을 연습한다.

연습 문제를 적는다.

연습 문제에 답한다.

답을 읽는다.

답을 듣는다.

들은 답이 나올 수 있는 다른 문제를 떠올린다.

다른 문제를 적는다.

다른 문제에 다르게 답한다.

다른 답이 나올 수 있는 다른 문제를 떠올린다.

다른 문제와 다른 답을 반복한다.

같은 답과 같은 문제가 반복되면 멈춘다.

문장이 이어지지 않는다.

문 있음

"나는 쓸모없는 방 하나가, 절대적으로 그리고 일부러 쓸모없는 방
하나가 있는 아파트를 생각해 보려 몇 번인가 애쓴 적이 있다. 그것은
광이 아니었을 테고 보조실도, 복도도, 골방도, 구석방도 아니었을
것이다. 기능이 없는 공간이었는지 모른다. 아무짝에도 쓸모없고 그
무엇도 가리키지 않는 곳이었는지 모른다.
    노력에도 불구하고, 내게는 이런 생각, 이런 이미지를 끝까지 이어
나가는 것이 불가능했다. 내가 보기에, 이 아무것도 아닌 곳, 이 빈 곳을
묘사하기에는 언어 자체가 부적격인 것으로 드러났다. 마치 우리가
가득 찬 것, 유용한 것, 기능적인 것에 대해서만 말할 수 있는 것처럼.
    기능 없는 공간."†

공간은 전시를 앞두고 있다.
    도면과 스케치, 사진, 그리고 글. 문서로 제시된 공간은 네 곳으로,
두 곳에는 문이 있고, 두 곳에는 문이 없다. 문이 있는 두 곳 중

† 조르주 페렉, 『공간의 종류들』, 김호영 옮김, 문학동네, 2019년, 57–58면.

한 곳의 문은 여럿이다. 문이 있는 두 곳 중 한 곳의 문은 하나다. 문이
있는 두 곳을 지나고 나서 문이 없는 두 곳에 도달하는 것이 자연스러운
경로로 보인다.

　　여러 문이 있는 곳에서, 문은 닫혀 있으면서 열려 있다. 움직이는
문은 움직이는 다른 문으로 이어진다. 하나의 문을 열기로 했다면 다음
문도 열어야 한다. 다음 문을 열지 않으면 문과 문 사이에 갇힌다. 다음
문을 열면 그다음 문으로 갈 수 있고, 그다음 문을 다시 벗어날 수 있다.

　　문들은 그다음 공간으로 통하는 엉성한 미로를 형성하면서
기능 없는 공간을 양산한다.

기능 없는 공간을 양산하게 된 문에서 두드러지는 점은 문의 크기이다.
문은 크지 않고, 높지 않고, 완전히 닫히지 않는다. 틈새를 반영한
문은 고정되지 않는다. 쉽게 움직이고, 움직임을 좀처럼 멈추지 않는다.

　　그럼에도 시작은 정지 상태이다.

문이 서 있다.

문을 연다.

문이 움직인다.

문을 지나간다.
방을 지나갔다.

방이 서 있다.

문과 문이 빚어낸 공간. 이것은 누군가가 만들어 둔 일시적인
현실이지만, 현실은 언제나 일시적이다.

기능 없는 공간은 큐브의 형태로 읽힌다. 실제로 그렇든 그렇지 않든,
큐브를 단위로 삼는 방처럼 보인다. 작고 낮은 문이 마련한 형태.
주사위를 바라보는 이가 있고, 주사위를 굴려 보는 이가 있다. 바라보는
이는 게임을 에둘러 지나간다. 굴려 보는 이는 게임에 참여한다.
어느 쪽이든 게임을 지나간다는 점에서는 동일하다.
      기능 없는 공간은 누군가 그곳을 지나간다고 해서 곧바로
기능을 얻게 되지 않는다. 뒤이어 누군가 그곳을 우회해서 바깥으로
지나갈 수도 있기 때문이다. 이 공간의 기능은 상대적이다.

기억은 상대적이다. 그렇기에 기억은 픽션의 속성을 지닌다. 기억은
사실과 사실이 아닌 것 사이를 지나다니며 자신의 몸체를 불리거나
줄인다. 기억의 실체를 파악할 수 있지 않기에, 기록이 기억의 실체를
대신하곤 한다.

기록은 선택적이다. 그렇기에 기록은 픽션의 속성을 지닌다. 사실을
기록하지 않을 수 있고, 사실이 아닌 것을 기록할 수 있다.

기억과 기록은 사실과 사실 아님을 지나다니며 펼쳐진 그것들을
임의로 조합해 나간다.

유영은 과정을 동반하는 단어다. 열리고 닫히는, 고정을 전제하지 않는
문은 반동하는 움직임으로 과정을 반영한다. 그것을 불완전하다고
말할 수 있나, 그것이 미완성인 채라고 말할 수 있을까? 주어진 것은
누군가의 기억과 기록의 부분이다. 부분은 미로를 이루었던 문들이
대열을 바꾸어 일종의 원을 그린 곳 안에 드러난다. 문들이 새롭게 접힌
곳에서 펼쳐진 부분들은 기억과 기록의 편린을 부분적인 단어와
문장으로 드러내며 펼친다. 펼쳐진 그것들은 모두에게 동일하게
받아들여지지는 않는다. 글이란 누구에게는 접혀 있게 되고 누구에게는
펼쳐지게 된다. 움직이는 문의 반동을 문을 이미 지나간 이가 어찌할 수

없듯이, 글의 접힘과 펼침 역시 글을 지나간 이후에는 어찌할 수 없다. 일시적인 방에 자발적으로 갇힌 이들의 몸은 일순간 글과 마주한다. 누구나 대개 보고자 하는 것들을 보게 될 것 같지만 그러한 과정 중에 보여지는 것들이 있게 되고, 보고자 했던 것들과 보여진 것들이 실선과 점선으로 거대한 상자의 부분적인 전개도를 이루게 된다. 오랜 시간을 지나 잠시 세워진 전개도의 안팎에서, 장면은 한번에 읽히지 않는다. 드나듦을 요구하는 장소에서는 모든 것이 가변적이다. 그것들은 움직이고, 움직인다는 사실만 존재한다. 누군가의 심상은 기억과 기록의 변용이라고, 수정이라고, 오류라고, 망각이라고, 회귀라고, 복원이라고, 매 순간 다르게 불리면서 다른 누군가에게, 다른 누군가에 의해 자신의 움직임을 증명할 수 있다. 쓰이고 읽히는 글은 누구라는 주어가 바뀔 수 있는 게임이다. 다시, 주사위 굴리기.

들여다보기. 모든 장면을 볼 수 있기 위한 장치 중 하나는 지붕을 마련하지 않는 것. 세상의 부분을 분해하고 다르게 재조립하는 과정에서 필요한 것은 다른 이름이다. 본래 주어진 이름을 넘어 여러 이름을 내포하게 되면서 대상은 제 모습을 확장해 나간다. 이름들은 서로 포개어지면서 서로의 시공간을 공유하지만, 누구나 이 겹을 볼 수

있지는 않다. 이동의 과정은 대상에 다른 이름을 붙여 나갈 수 있는,
붙여 나가려 하는 이에게 비로소 드러난다. 서로의 면을 의도적으로
다르게 맞대어 가며 완연히 탈바꿈한 모습은 용도를 분명히 드러내지
않으면서 새로운 방향을 만든다. 한 언어에서 낱말이라는 의미를
지닌 단어(mot)의 발음(모)이 다른 언어에서 구석이나 모퉁이를
가리키는 것처럼.

모퉁이에서, 다른 이야기가 다시 시작된다. 단어의 표면에서 출발한
문장들은 완성을 우회한다. 우회하는 문장들이 향하는 곳은
문장들이 시작된 곳이다. 출발지와 도착지가 겹치면서 없는 곳의
윤곽이 드러난다. 이름으로만 존재하는 장소는 그에 대해 아무것도
묘사되지 않는다. 기능 없는 공간. 페렉이 기능 없는 공간에 대한
생각을, 이미지를 이어 나가는 데 결국 실패한 것처럼 모퉁이의
문장들은 도달에 실패해 있다. 그것은 기능 없는 공간에 도달하려는
움직임의 흔적들로 존재하는 문장들을 따라가야만, 흔적을 따라
움직였을 때에야 비로소 알게 되는 사실이다. 그리고 다시

방이 서 있다.

그곳이 방임을 알게 된 것은 그곳에 문이 있어서다.

　　고정되지 않기로 한 문을 열고, 들어가지 않아도 되는 미로로
들어간다.

　　그곳에 문이 있기 때문이다.†

† 김뉘연,「문 있음」(웹사이트, https://www.kminlee.com), 이경민,《모와 모 사이》,
　온수공간, 2023년.

빈

다시 끝내기 위하여 다시 시작된 시작을 다시 시작하기. 누구에게도
읽히지 않도록. 누구도 읽지 못하도록. 쓰이며 휘발되도록. 의도된
비문에서 생물의 냄새가 난다. 문장의 시작에서 시작한다. 문장의
끝에서 시작한다. 문장의 중간에서 시작한다. 모음으로 움직이는 문장들.
등 푸른 생선의 무보. 흰색을 딛고 선 시작. 냄새에 취해 거리를
쏘다닌다. 궁지에 몰릴 때까지 걷고 돌이킬 수 없는 구석에서
흡족해한다. 다시 걷기. 같은 길. 다른 걸음. 다른 길. 같은 걸음. 같은
단어. 다른 문장. 다른 단어. 같은 문장. 계속 걸어야 한다. 계속 걸어야
계속 설을 수 있디. 걸을 수 있어야 한다. 걸음을 시작할 수 있어야
한다. 빠를 필요는 없다. 느릴 필요가 있다. 빈 얼굴들이 지나간다.
두드러지게 빈 얼굴에 매료된다. 소리 나는 얼굴. 여러 장의 악보를
동시에 연주하는 불협화음이 빈 얼굴로 흘러나온다. 출처 없는
시작. 소리들은 시작되는 글을 닮아 있다. 소리들은 시작되지 않는 글을
닮아 있다. 재채기와 하품과 한숨. 거듭되는 시작. 익숙해진 말을

벗어난 순간들이 요철로 굴러다닌다. 요철과 요철이 맞아떨어지면 다시
시작한다. 다시 시작하면 되는 일이다. 글은 시작으로 점철되었다가
끝난다. 시작으로 이루어진 끝은 시작일까. 시작으로 이루어진 끝은
끝일까. 시작되었다는 사실이 남아 있다. 들린 말과 읽은 글 사이. 뱉은
말과 쓰인 글 사이. 비주기적인 경계. 새로운 한도가 근거 없는 안도를
안긴다. 일종의 믿음을 닮은 그것에 기대이 말과 글 사이를 맴돈다.
그곳에 빈 얼굴이 있다. 빈 얼굴의 그는 매일 시작한다. 빈 얼굴의 그는
매일 끝낸다. 그는 매일 시작하게 된다. 날마다 시작하는 사람들. 그들은
정말 길고 지나치게 길어서 그들을 좀처럼 깨닫기 어렵다. 그들은 길다
그리고 희미하다. 그들의 길고 희미함은 누구도 어찌할 수 없는 일이다.
그들의 시작은 희미하고 길고 계속된다. 그가 네게 놓치고 있는 것이
있다고 말한다. 그것이 그가 놓치고 있는 것을 말하는 것이었는지 네가
놓치고 있는 것을 말하는 것이었는지 모른다. 그것이 우리가 놓치면
안 되는 것인지 우리가 놓쳐도 되는 것인지 모른다. 그것이 이미 놓친
것인지 아직은 놓치지 않은 것인지 모른다. 모르는 채 시작한다.
나는 너의 이름을 모르고, 얼굴을 모르고, 머리를 모르고, 몸을 모르고,
그 밖의 다른 것들을 모른다. 그래서 너를 다시 시작할 수 있다. 너를
다시 시작한다. 그리고 너를 다시 끝내게 된다—다시 시작하기 위하여.†

† 김뉘연. 「다시 시작하기 위하여」. 『버수스』(10호). 갤러리 팩토리. 2017년. 16–17면 참조.

6막

머리글자

말하는 눈/먼 입

미끄러지며
도는
돌며
미끄러지는

말과

나와

먼
소리

목
소리

목
멘

눈
먼

없음✝

✝ 테레사 학경 차, 〈눈먼 목소리(Aveugle Voix)〉(1975년) 참고.

8월 14일

김학순(金學順)은 대한민국의 여성운동가로, 1991년 일본군 '위안부' 피해 사실을 한국인 최초로 공개 증언한 인물이다.

김학순은 1924년 중국 만주의 지린에서 태어났다. 독립운동가인 아버지를 따라 만주를 떠돌다 아버지 사후, 1941년 양아버지가 일본군에 넘겨 만주에서 '위안부' 생활을 하게 되었다. 그 후 한국 상인의 도움으로 탈출하여 1946년 귀국한 후 결혼해 가정을 꾸렸으나, 한국전쟁 당시 남편을 잃고 어린 아들마저 익사 사고로 잃었다. 이후 날품팔이, 행상, 파출부 생활을 하며 지내다가 1990년 6월 일본이 군 '위안부' 문제에 관여하지 않았다고 발표하자 분노해 증언을 결심하였다. 공개 증언 후 일본 정부를 상대로 한 보상 청구 소송을 제기하였으며, 일본군 '위안부' 피해를 증언하고 일본의 사과를 촉구하는 여성 인권 운동가로서의 삶을 지속해 갔다. 1997년 12월 8일 평생 모은 재산 2천여만 원을 서울 동대문감리교회에 기부하였고,

일본 정부의 진심 어린 사죄를 받아 달라는 유언을 남긴 채 1997년 12월 16일 폐질환으로 서울 동대문 이화여대부속병원에서 사망하였다.

김학순은 1991년 8월 14일 일본군 '위안부'였음을 최초로 공개 증언하였다. 그의 증언은 한일 양국에서 폭발적인 반응을 불러일으켰고, 한국정신대문제대책협의회(약칭 정대협)에서는 정신대 피해 신고 전화를 개설해 피해자의 증언을 모았다. 같은 해 12월, 다른 두 명의 피해자와 함께 일본 정부를 상대로 한 태평양전쟁 한국인 희생자 보상 청구 소송을 제기하자 국제사회에서도 관심을 갖기 시작하였다. 김학순의 이러한 활동에 다른 피해 생존자의 증언이 이어졌으며, 일본에서도 일본군 '위안부' 문제를 해결하기 위한 시민 단체들이 조직되었다. 1992년에는 일본 법정에서 일본의 만행을 증언함으로써 1993년 고노 요헤이 관방장관이 일본군 '위안부'에게 사죄하는 계기가 되었다.

김학순은 1992년 3월 한국여성단체연합 주최 올해의 여성상을 수상하였다. 2012년 8월 14일, 김학순 할머니의 공개 증언의 뜻을 기려 제11차 일본군 '위안부' 문제 해결을 위한 아시아연대회의에서

이날을 세계 '위안부' 기림일로 정하고, 매년 다양한 캠페인과 연대
집회를 개최하고 있다. 이날은 2017년 12월 국회를 통과하여
공식적 국가 기념일로 확정되었다. 2021년 김학순 증언 30주년을 맞아
전쟁과여성인권박물관은 특별 전시 《그날의 목소리》를 개최하였고,
8월 14일 기림일을 맞아 온라인 문화제가 열렸다. 일본군 성노예제
문제 해결을 위한 정의기억연대(약칭 정의기억연대)에서는 증언
30주년 기념 국제 학술 대회를 개최하여 증언의 역사적 의미와 향후
일본군 성노예제 문제 해결의 과제와 방향에 관해 논의하였다.†

† 한국학중앙연구원, 「김학순」, 『한국민족문화대백과사전』(웹사이트, https://encykorea
.aks.ac.kr).

수요일

'일본군 성노예제 문제 해결을 위한 정기 수요시위'는 1992년 1월 8일
미야자와 전 일본 총리의 방한을 계기로 시작된 것으로 알려져
있습니다. 그러나 30여 년 동안 한 주도 빠짐없이 진행된 이날의 시위는
어느 날 갑자기 발생한 것이 아닙니다. 1980년대 말 민주화 열기와
더불어 한국 여성운동의 성장이 그 배경에 있습니다. 1990년 11월
한국정신대문제대책협의회(약칭 정대협)의 설립은 당시 한국의 거의
모든 여성 단체가 함께했고, 이 문제를 한국과 일본 사회는 물론
전 세계에 알리기 위해 다양한 방식의 집회와 기자회견이 수요시위가
시작되기 이전 이미 진행되고 있었습니다.†

'일본군 성노예제 문제 해결을 위한 정기 수요시위'는 매주 수요일
낮 12시 정각에 주한 일본 대사관 앞 평화로에서 열립니다. 참여하고자
하는 모든 분들은 사전 참가 신청 없이 시작 시간에 맞추어 평화로로
오시면 됩니다. 참여 단체 리스트 작성과 자유 발언은 수요시위 현장을

† 전쟁과여성인권박물관, 「0차 수요시위」, 『수요시위 아카이브』(웹사이트,
  https://archivecenter.net/wednesdaydemo).

총괄하는 담당자를 통해 신청 가능하며, 수요시위 주관 또는 공연을
희망하실 경우, 진행하고자 하는 날짜와 내용 등을 02-365-4016 또는
info@womenandwar.net 으로 미리 알려 주셔야 합니다.†

2023년 7월 26일.
1606차 일본군 성노예제 문제 해결을 위한 수요시위는 다른 때와 조금
다르게 진행되었습니다. 원래 주관 예정이었던 고등학교에 협박성
메일과 전화가 왔고 학생들과 선생님과 정의연이 논의한 결과 학생들의
안전이 최우선이라고 판단하여 주관 예정이던 학생들은 현장에 오지
않고 미리 보내 준 연대 발언문과 성명서를 정의연 활동가들이 대독하는
것으로 하였습니다. 사회는 정의기억연대 한경희 사무총장이
보았습니다.

가장 먼저 여는 노래로 정의연 활동가들이 〈바위처럼〉 율동을
하였습니다. 주관 단체 인사말 후 한경희 사무총장의 주간 보고가
이어졌습니다. 이어 연대 발언이 있었습니다. 4팀 학생들이 보내 준
발언을 정의연 활동가들이 대독하였고 터키 IICS학교(고등학교)
2학년에 재학 중인 김예솔 학생, 전쟁과여성인권박물관 대학생 SNS
기자단 2기 이정민·이현수·기하늘·정윤지 학생, 오염수투기반대

† 일본군성노예제문제해결을위한정의기억연대, 「수요시위(수요집회)」,
  『일본군성노예제문제해결을위한정의기억연대』(웹사이트, https://womenandwar.net).

대학생 원정단 김민아 학생이 힘찬 연대 발언을 하였습니다. 참가자와 참가 단체 소개 후 정의기억연대 보리 활동가의 성명서 낭독을 끝으로 1606차 일본군 성노예제 문제 해결을 위한 수요시위는 마무리되었습니다.

수요시위 현장에는 인보성체수도회, 전쟁과여성인권박물관 대학생 SNS 기자단, 진보대학생넷, 극단 경험과상상, 광신중학교 교사 및 학생, 평화나비 네트워크, 스웨덴 스카우트, 소정, 원죄없으신 마리아 교육 선교 수녀회 등 개인, 단체에서 함께 연대해 주셨습니다.

[...]

최근 수요시위는 온갖 시비를 거는 방해 세력, 역사 부정 세력 때문에 몸살을 앓고 있습니다. 1606차 수요시위 역시 마찬가지였는데요. 수요시위 대열을 향해 확성기를 대고 악을 쓰고 부부젤라를 부는가 하면 참가하신 수녀님들께 입에 담지 못할 욕설을 하고 학생들을 향해 소리를 지르고 동시에 3-4명이 각자 마이크를 들고 말하는 등 엄연한 집회 방해, 공격 행위들을 수요시위 내내 하였습니다. 그 행태들은 수요시위 방해다, 제대로 된 집회가 아니다, 왜 방치하는가,라고 항의하는 활동가들에게 종로경찰서는 집회 형태나 집회 방해에 대한 구체적인 규정은 없다며 그대로 방치하였습니다. 정의연은 이러한

행태들에 대해 계속해서 종로경찰서에 항의 공문, 수요시위 보호 조치
공문을 보내고 있으나 제대로 된 답변은 듣지 못하고 있는 상황입니다.

　　혼란스럽고 소란스러운 상황에서도 수요시위에 끝까지 함께해 주신
여러분 감사합니다.

　　무대와 음향은 휴매니지먼트에서 진행해 주셨습니다. 언제나
고맙습니다.†

---

† 일본군성노예제문제해결을위한정의기억연대, 「수요시위(수요집회)」,
　『일본군성노예제문제해결을위한정의기억연대』.

동반자

소리를 만들어 내기도 하지만, 만들어지는 소리에 의해서 복화술사도
영향을 받는다는 점에서

무언가 말하게 하는 복화술사에 대한 단선적 이해를 넘어서서 말해진
것을 복화술사가 행하도록 만들며 대상 즉 말 못 하는 자가
복화술사에게 말을 되돌린다는 점에서 대상을 생각해야만 한다는

원본과 복제, 행위 주체와 대상, 능동과 수동이라는 이분법을 넘어서는
복화술

복화술의 역사에서 '말 못 하는 자'의 역할을 '연기'한 여성들은
'말을 되돌려 주고' 있는 것이기도 한데, 이것은 먼저 그들의 문화적
'침묵'의 용어로 기술된 대본의 반복 수행을 통해 가능해진다고

복화술사는 단순히 이야기를 대신 말하는 자가 아니며 동시에 이야기를
듣는 청자로서 기능하는

비록 말해진 것이 복화술사의 인위적 수행이라 할지라도

반복이 전복적인 형태 변환을 수반할 수 있다는

무성영화 옹호자들은

음향이 이제 막 성숙 단계에 들어서는 예술 형태에게 배반이자 타락을
의미하며, 음향으로 인해 영화가 '평범한 이야기'처럼 진부하게 된다고

이미지와 사운드의 불일치는 안전하게 봉합된 환영의 세계 속에 있던
관객에게 불편함을 제공하는

영화에서 복화술은 이미지와 사운드의 분리라는 점 때문에 영화적
환영을 깨는 장치

영상과 소리의 결합이 의미를 단순화시키고, 영화적 환영을 만들어
냄으로써 영화를 진부한 것으로 만든다고

사운드와 이미지의 완벽한 결합을 꿈꾸는 유성영화 시기로 넘어오면서,
이야기는 단순화되고 관객은 영화적 환영 속에 사로잡히게 된다는

영상과 불협하는 사운드, 복화술과 같은 디제시스와 불일치하는
사운드들은 서사적 통합을 파괴하고 균열을 내는†

† 배주연, 「일본군 ‘위안부’ 목소리의 복화술적 재현」, 『여성학논집』(제39집 1호),
  이화여자대학교 한국여성연구원, 2022년, 41–43면.

반반

반.

반쪽 몸.
반의 반쪽 몸.
반의 반의 반쪽 몸.

반쪽 몸 반의 반.
반쪽 몸 반.
반쪽 몸.

반쪽 몸말.
반의 반쪽 몸말.
반의 반의 반쪽 몸말.

반쪽 몸말 반의 반.
반쪽 몸말 반.
반쪽 몸말.

반쪽 말몸.
반의 반쪽 말몸.
반의 반의 반쪽 말몸.

반쪽 말몸 반의 반.
반쪽 말몸 반.
반쪽 말몸.

반쪽 말.

반의 반쪽 말.

반의 반의 반쪽 말.

반쪽 말 반의 반.

반쪽 말 반.

반쪽 말.

반.

7막

본 것 보인 것

한 장.
장면.
면.✝

<hr />

✝ 테레사 학경 차, 〈망명자(Exilée)〉(1980년) 참고.

용어

'난민'이란 인종, 종교, 국적, 특정 사회집단의 구성원인 신분 또는 정치적
견해를 이유로 박해를 받을 수 있다고 인정할 충분한 근거가 있는
공포로 인하여 국적국의 보호를 받을 수 없거나 보호받기를 원하지
아니하는 외국인 또는 그러한 공포로 인하여 대한민국에 입국하기
전에 거주한 국가(이하 '상주국'이라 한다)로 돌아갈 수 없거나
돌아가기를 원하지 아니하는 무국적자인 외국인을 말한다. '난민으로
인정된 사람'(이하 '난민인정자'라 한다)이란 이 법에 따라 난민으로
인정을 받은 외국인을 말한다. '인도적 체류 허가를 받은 사람'(이하
'인도적체류자'라 한다)이란 '난민'에는 해당하지 아니하지만 고문 등의
비인도적인 처우나 처벌 또는 그 밖의 상황으로 인하여 생명이나
신체의 자유 등을 현저히 침해당할 수 있다고 인정할 만한 합리적인
근거가 있는 사람으로서 대통령령으로 정하는 바에 따라
법무부장관으로부터 체류 허가를 받은 외국인을 말한다. '난민인정을
신청한 사람'(이하 '난민신청자'라 한다)이란 대한민국에 난민인정을

신청한 외국인으로서 다음 각 목의 어느 하나에 해당하는 사람을
말한다. 가. 난민인정 신청에 대한 심사가 진행 중인 사람.
나. 난민불인정결정이나 난민불인정결정에 대한 이의신청의 기각결정을
받고 이의신청의 제기 기간이나 행정심판 또는 행정소송의 제기
기간이 지나지 아니한 사람. 다. 난민불인정결정에 대한 행정심판 또는
행정소송이 진행 중인 사람. '재정착희망난민'이란 대한민국 밖에 있는
난민 중 대한민국에서 정착을 희망하는 외국인을 말한다. '외국인'이란
대한민국의 국적을 가지지 아니한 사람을 말한다.†

"'난민'과 '이주민'이라는 용어는 상호 교체 사용이 가능한가요?"
"가능하지 않습니다. 언론 및 공공 토론에서 '난민'과 '이주민'이라는
용어를 같은 의미로 사용하는 것이 흔해지고 있지만, 두 용어 간에는
중요한 법적 차이가 있습니다. 두 용어를 혼용하는 것은 난민과
비호신청자들에게 문제를 발생시킬 수 있으며, 비호와 이주에 대한
토론에서도 오해를 불러일으킬 수 있습니다." "난민의 특수성은
무엇인가요?" "난민은 국제법에 의해 구체적으로 정의되고 보호받게
되어 있습니다. 난민이란, 박해, 분쟁, 폭력, 기타 공공질서를
심각하게 위협하는 상황 등으로 인한 공포로 출신 국가를 떠났기 때문에

† 법제처, 「난민법」, 『국가법령정보센터』(웹사이트, https://www.law.go.kr).

'국제적 보호'가 필요한 사람입니다." "'이주민'이 난민도 포괄하는 일반적인 용어로 사용될 수 있나요?" "국제적으로 '이주민'이라는 용어에 대한 공통된 법적 정의는 존재하지 않습니다. 일부 정책 입안자, 국제기구, 언론 매체 등은 '이주민'을 난민과 이주민을 모두 포괄하는 용어로 이해하고 사용하고 있습니다. 예로, 국제이주에 대한 전 세계적 통계는 통상 비호신청자와 난민의 이동을 포함하는 '국제이주'의 정의를 사용합니다. 하지만 공공 토론에서의 이러한 관행은 혼란을 낳을 수 있으며, 난민의 생명과 안전에 심각한 위협을 초래할 수 있습니다. '이주'는 보다 나은 경제적 기회를 위해 국경을 넘는 등 대체로 자발적인 행위로 이해되고 있습니다. 그러나 이것은 안전하게 집으로 돌아갈 수 없는 난민의 경우에는 적용되지 않기 때문에 그들은 국제법에 의한 구체적인 보호가 필요한 것입니다. '난민'과 '이주민', 이 두 용어를 혼용하면 난민들이 필요한 특수한 법적 보호, 예컨대 강제송환금지원칙과 피난을 위해 허가 없이 국경을 넘는 것에 대한 불이익 금지 등에 대한 핵심을 잃게 됩니다. 비호를 신청하는 것은 불법적인 행위가 아닌 보편적인 인권입니다. '난민'과 '이주민'을 혼용하는 것은 난민에 대한 보호가 어느 때보다 절실할 때, 난민과 비호 체계에 대한 공적 지지를 위협하는 결과를 초래할 수 있습니다."

"모든 이주민들은 언제나 본인이 '선택'하여 이주하나요?" "사람들을
이주하도록 하는 원인은 복잡하며, 여러 가지 요인이 복합적으로
작용할 수 있습니다. 이주민은 일자리를 찾아 삶을 개선하려고 하거나,
교육, 가족 재결합 등 여러 가지 이유로 이주를 합니다. 또한 자연재해,
기근, 극심한 빈곤 등의 고난을 피하기 위해 이주를 할 수도 있습니다.
이러한 이유로 본국을 떠나는 사람들은 통상적으로 국제법상 난민으로
인정되지 않습니다." "이주민들도 보호받아 마땅하지 않나요?"
"이주민은 대부분 본국을 떠나야 하는 확실한 이유가 있으며, 그들의
필요 사항을 충족시키고 인권을 보호할 방법을 찾는 것은 중요합니다.
이주민은 국제인권법에 의해 보호됩니다." "난민은 '강제이주민'인가요?"
"'강제이주'란 사회과학자 등이 국경을 넘거나 한 국가 내에서
발생하는 여러 종류의 실향 및 비자발적 이동 상황을 포괄 정의하기
위해 때로 사용하는 일반적인 용어입니다. 일례로, 이 용어는 자연재해,
분쟁, 기근, 대규모 개발 프로젝트 등으로 집을 떠난 사람들을 지칭하는
데 사용되었습니다. '강제이주'는 법적 개념이 아니며, '이주'와
비슷하게 공통적으로 통용되는 정의가 없습니다. 이는 넓은 범위의
현상들을 포괄하는 개념입니다. 이에 반해, 난민의 정의는 국제 및
지역 난민법에 의해 정확히 명시되어 있고, 여러 국가들이 그들에 대해

구체적이고 명확한 의무 사항을 이행할 것을 합의했습니다. 난민을 '강제이주민'으로 표현하는 것은 그들의 특수한 요구 사항과 국제사회가 그들을 위해 합의한 법적 의무로부터 주의를 전환시키게 됩니다. 이러한 혼동을 방지하기 위해, 유엔난민기구는 난민 이동 및 다른 형태의 실향에 '강제이주'라는 표현을 쓰는 것을 지양하고 있습니다." "그렇다면, 난민과 이주민을 모두 포함한 혼합된 이동 인구를 지칭하기 위한 올바른 용어는 무엇인가요?" "복합적 양상의 인구 이동을 지칭할 때 유엔난민기구가 선호하는 용어는 '난민과 이주민(refugees and migrants)'입니다. 이 방법은 이동하는 모든 사람의 인권이 존중, 보호, 준수되어야 한다는 것을 인정하는 동시에, 난민과 비호신청자는 그들의 특수한 요구 사항과 권리에 따른 별도의 특수한 법체계에 의해 보호를 받는다는 것을 인지시킬 수 있습니다. 정책 토론에서 때때로 '혼합이주' 및 '혼류', '혼합이동' 등의 관련 용어가 난민과 이주민 (인신매매 피해자 등 취약한 이주민 포함)이 동일한 경로와 수단으로 같이 이동하는 현상을 지칭하는 데 유용하게 사용됩니다. 다른 한편으로, 혼합이주 인구 내 개인 신분을 알 수 없거나 이동에 복합적 이유가 있는 사람을 일컫는 약칭으로 일부 쓰이는 '혼합이주민'이라는 용어의 의미는 불명확합니다. 이 용어는 혼동을 야기하고 이동 인구 내

난민 및 이주민의 특수한 요구 사항을 파악하기 어렵게 하기 때문에
사용을 권장하지 않습니다." "체류국에서 다른 국가로 이동하는 난민은
어떻게 분류되나요? 최초 체류국에서 다른 곳으로 이동한다면
'이주민'이라는 표현이 더 적합하지 않나요?" "난민은 체류국에서
다른 나라로 이동한다고 해서 난민 신분을 상실하거나 '이주민'이 되지
않습니다. 난민은 그의 출신 국가로부터 보호를 받을 수 없기 때문에
난민이 되는 것입니다. 다른 비호국으로 이동하는 것은 이 사실에
아무런 변화를 주지 않기 때문에 그의 난민 신분에 영향을 주지
않습니다. 난민인정 요건을 갖춘 사람은 보호 또는 새로운 삶을 찾기
위해 어떠한 경로를 택하든, 또 그 여정을 위해 어떠한 과정들을
거쳤든 상관없이 난민 신분을 유지하게 됩니다."†

† 유엔난민기구, 「'난민'과 '이주민'」, 『유엔난민기구』(웹사이트, https://www.unhcr.or.kr).

8막

봉투

문서
없는✝

✝ 테레사 학경 차, 〈통지서(Faire Part)〉(1976년) 참고.

이케다 아사코, 〈서로(互)〉(2020년).

9월 19일

첫 번째 아버지에게

내 사랑하는 딸 쉬연에게.

아빠는 지금 서울로 부터 너무 멀리 떨어져 있구나.
거리는 비록 멀지만 너를 느끼는 것은
바로 우리 집 응접실에서와 똑같이 가깝기만 하다.

샌프란시스코 공항에 내려서 400번 트리웨이를 따라
자동차로 3시간쯤 달래왔다.
이곳 WEIMAR는 해발 1000m쯤 되는 고원으로
숲이 대단히 울창한 시골이다.
아빠는 이곳에서 건강이 간호 어흥강의를 들으면서
산책하고 지낸다.
음식은 알지의 육류나 준비로 등을 쓰지 않은
자연식이지만 그런대로 입에 길들여져 맛있게 느끼고
있다. 맑은 공기, 따뜻한 햇빛, 신선한 물
등이 아빠의 건강을 되찾는 주요소들이 되고 있다.

아빠는 앞으로, 서울에 돌아가기도 어느 기간
동안은 이런 생활을 계속하여야 할 것이다.
하루 아침에 달라진 아빠의 생활 차림살이에,
너도 당황감이 없겠지만 아빠 역시 마찬가지이고
우리 식구 모두 그리리라 생각된다.
앞으로 아빠는 건강과 인생에 대한 아빠의 생각들을
그때 그때 정리해서 네게 편지를 쓰거나 노트해두
려고 생각한다. 너라 우리가족에게 도움이 되리라
생각하나 너같이 어흥이 되어서 좋은 참고되도록 하라.

9막

그림글자

그림

그림자

그림/자

글/자

글자†

† 테레사 학경 차, ⟨비데오엠(Vidéoème)⟩(1976년) 참고.

들림

페이드인.
실내. 창문이 있는 방―늦은 오후.

작은 방. 흰 벽. 작지 않은 창문. 창문의 양쪽 끝에 반쯤씩 드리워진
흰색 커튼. 빛이 투과되는. 창가. 책상 하나, 의자 하나. 일인용. 책상은
창문을 가리지 않는다. 책상을 마주하고 의자에 앉은 한 여자.
여자의 등. 비교적 꼿꼿한 자세의. 여자에게서 어떤 소리가 난다. 벽과
창문과 책상과 의자와 여자의 등을 거리를 두고 바라보던 카메라가
여자의 등으로 서서히 줌인한다. 소리가 점차 커진다. 이제 보이는 것은
여자의 등뿐이다. 평면적인 등. 잠시 고정되었던 카메라가 다시
움직이며 여자의 등을 조금씩 왼쪽으로 벗어난다. 이어 여자의 왼팔을
어깨에서부터 팔꿈치, 손가락 끝까지 천천히 훑는다. 내려가는
카메라. 계속되는 소리. 미세하게 움직이는 팔. 내려간 카메라. 계속되는
소리. 손가락 끝에 이르러 발견되는 연필. 카메라가 움직이는 연필의

끝을 줌인한다. 연필의 끝은 책상 위 여자 앞에 놓인 지면에 닿아 있다. 지면은 A4 용지를 반으로 접은 것보다 조금 더 작은 정도의 크기로 보인다. 낱장. 거기서 연필의 끝이 움직이고 있다. 연필의 끝이 남기는 글자를 뒤따라 카메라가 조금씩 움직여 간다. 글자가, 단어가, 문장이, 가능한 한 느리게 쓰이고 있다. "글을 씀으로써 실제의 시간을 폐기할 수 있다면."† 여자는 과거라는 전망으로 펼쳐진 기억의 시간을 연필의 끝으로 지나가는 중이다. 이동. 움직임. 여기에서는 이렇게 끝나는데 그는 다른 곳에서 계속되었다. 흔적. 자취. 연필이 계속 지나간다. 글줄의 왼쪽 끝에서 오른쪽 끝으로. 이것을 아주 분명하게. 먼지. 티끌. 단번에 나타나겠다면. 가루. 부스러기. 카메라가 계속 뒤따른다. 그것에 다가간다. 지면의 왼쪽 끝에서 오른쪽 끝으로. (다시) 지나가고. 글자가 단어가 되는 소리. 단어가 문장이 되는 소리. 문장이 글이 되는 소리. 소리라는 잡음. 개별적인 방문자. 모든 것이 조각이다. 모든 것이 파편이다. 팔을 펼치고 손가락을 튕기고. 모든 것이 움직인다. 모든 것이 펼쳐진다. 모든 것이 흩어진다. 모든 것이 사라진다. 그것은 그렇지는 않다. 여자는 그렇게 쓴다. 바깥에서 동시에. 거듭되는 문장. 책상 위에 올라와 있던 여자의 오른손에 다다른 카메라가 멈추고, 방향을 돌려 여전히 움직이고 있는 여자의 왼손을, 왼손이 쥔 연필의 끝을 바라보기

† 차학경,『딕테』, 김경년 옮김, 토마토, 1997년, 158면.

시작한다. 끝이 다가온다. 천천히. 옮겨다 놓은 무대. 멀어진다. 천천히.
다시 다가온다. 천천히. 형상을 가진 구성원. 멀어진다. 천천히.
카메라는 다시 방향을 돌려 여자의 오른손에서부터 오른팔을 거슬러
훑기 시작한다. 거꾸로 등장한다. 손톱. 손가락. 손등. 손목. 팔꿈치.
천천히 올라간다. 어깨. 목덜미. 머리카락. 공공연한 지속. 천천히.
흔들리는 머리카락. 천천히. 여자의 정수리. 거기. 정수리의 가르마.
선명히 나뉘었다. 그 위로. 위에서 아래를 바라보며 줌아웃하기
시작하는 카메라. 아래를 바라보면서 다시 또다시 조금씩 위로 이동하는
카메라. 위로. 위로. 펼쳐져 있는 지면. 가득해진 글자. 더 이상 글자로
보이지 않는. 인쇄를 거부한 문장. 아마 장면일 것이다. 글자였을 회색
선들이 점점 흐릿해진다. 잠시 누려 본 위장. 그들의 어조를 묘사하지는
않을 것이다. 덩어리를 이루는 글자. 덩어리를 이루는 글자와 지면.
덩어리를 이루는 글자와 지면과 여자. 덩어리를 이루는 글자와 지면과
여자와 책상. 덩어리를 이루는 글자와 지면과 여자와 책상과 의자.
그들은 덩어리를 이루는 데 도달해 있다. 큰 걸음. 뒷걸음질. 거듭되는
물러남. 계속 올라가는 카메라. 위로. 위로. 위로. 계속 움직이는
덩어리. 모방했던 것과 비슷하게. 움직임이 멈추지 않음. 계속 들리는
소리. 기록된 방식. 소리가 멈추지 않음. 어두워져 가는 방. 계속

어두워지는. 반쯤 실현된 단어. 어두워짐. 분명해진 정돈. 움직임.
더 이상 보이지 않음. 소리. 같은 음성. 계속되는.

      페이드아웃.

다시

이것은 푸른 바다다.

이것은 푸른 바다다.

이것은 푸른 바다다.

다시.

이곳은 푸른 바다디.

다시.

여기는 푸른 바다다.

저것은...

푸른.

바다다.

저곳은

푸른

저곳은

파란

바다.

다.

저기

푸른

푸르른...

푸

른

파

란

파란 바다는 푸른 바다다.

푸른 바다는 파란 바다다.

바다는 바다다.

바다에 실린다.

ㅍ ㅜ ㄹ ㅡ ㄴ

바다에

ㅍ ㅏ ㄹ ㅏ ㄴ

바다로

실린다

바다

실려

간다

다시

이것은 푸른 바다다.

다시

다시

다시...

다시

월요일

다시

월요일

요일이 기억나지 않는다

다시

어디

걷다가

잠시

주머니가 달린 바지

주머니에 손

손에 모래

주머니에 모래가

몇 시

지나가는 알갱이

작고

동그랗고

단단하고

지나가고

발에 신발

아는 날

날짜가 기억나지

않는다

모래 알갱이

신발에

발끝에

하나 둘 셋

넷

다섯

여

섯

일곱

알갱이

여덟

모

흘러

내려

빠져

나가

래

열

하나

지나가고

모래가 손에

잠시

바지

하나

주머니

둘

손

끝

그

다음

다시

여기에서는 이렇게 끝나는데 그는 다른 곳에서 계속되었다

누구는 누구와 함께 극장에 가려고 .

모자는 그대로 거기 있었다

이것을 아주 분명하게

반쯤 누워 있는 사람

단번에 나타나겠다면

바닥에 그리고 벽에

어떤 성질의 표시

그것에 다가간다

소개받은 인물

(다시) 지나가고

개별적인 방문자

대부분의 반박

잘 알려진 무관함

가깝게 지낸 행인

팔을 펼치고 손가락을 튕기고

그것은 그렇지는 않다

발음이 풀리지 않은 상태

이름이라는 모습

보조 수단

임의 교체

벌어들인 것

커다란 여분

바깥에서 동시에

옮겨다 놓은 무대

소매를 걷어 올림

조력자에게

형상을 가진 구성원

두 번째 체류

행동하는 사람이 될 수도 있다

좀 더 큰 방

내다봄

거꾸로 등장한다

준비한 말

곧장 웃고

크게 확신하게 된 왼쪽

부분적으로 망가진다

내버려둔 직감

즉흥 증명

공공연한 지속

선명히 나뉘었다

근접한 곳

끌어내릴 수 있다

인쇄를 거부한 문장

아마 장면일 것이다

나중에 구부리기라도 하는 것처럼

잠시 누려 본 위장

그들의 어조를 묘사하지는 않을 것이다

관찰된 대각선

큰 걸음

벽이 뚫렸다는 사실

손대지 않은 뚜껑

흔든다

모방했던 것과 비슷하게

기록된 방식

반쯤 실현된 단어

선회에 필요한 목록

분명해진 정돈

같은 음성

문간에

알고 있는 말을 알게 된다

한 장의 사진.

이름 하나.

이름 둘.

이름 셋.

이름 넷.

이름 다섯.

이름 여섯.

이름 일곱.

이름 여덟.

이름 아홉.

이름 열.

이름 열/하나.

이름 하나.

김뉘연
시인. 〈문학적으로 걷기〉〈수사학: 장식과 여담〉〈마침〉《방》등의 공연과 전시에서 전용완과
함께 문서를 발표했고, 『모눈 지우개』『부분』『문서 없는 제목』등을 썼다.

제3작품집
김뉘연

1판 1쇄 발행 2023년 9월 4일

ISBN 979-11-957486-2-4 03810

이 책은 《타이포잔치 2023: 따옴표 열고 따옴표 닫고》 의뢰 작품이며, 두성종이의
제작 지원을 받았다[덧표지: 디프매트 화이트 116g/m², 표지: 디프매트 미스트 그레이 116g/m²,
면지: 디프매트 블랙 116g/m², 내지: 아도니스러프 화이트 76g/m²].